Zwei Welten –

ein bewegtes Leben

Von K.- Helen K.

Eine deutsch-deutsche Lebensgeschichte

Herstellung und Verlag: Books on Demand GmbH, Norderstedt
Umschlaggestaltung: Hartelier Magdeburg

ISBN 3 - 8334 - 3027 - 3

Namen wurden aus persönlichkeitsrechtlichen Gründen geändert.

Einleitung

Diese Aufzeichnungen habe ich 1995 begonnen. Ich habe mir
damals einen PC gekauft und einen Computerlehrgang gemacht. Auf
dem Rechner befand sich lediglich das Betriebssystem MS DOS. Seit
damals bekam mein Traum Leben eingehaucht.
Immer schon wollte ich mein Leben niederschreiben.
Dass ich allerdings, solange daran schreiben würde, hätte ich nie
geglaubt. Ich dachte; hingesetzt und angefangen, ruck, zuck und
fertig bin ich. Es ist ja mein Leben, und das habe ich schnell erzählt.
Aber weit gefehlt. Angefangen und umgeschrieben habe ich es, und
das nicht nur einmal. Ich habe mich damit getröstet, dass selbst ein
Heinrich Mann an seinem Roman „Der Untertan" acht Jahre
geschrieben hat, und ich mich da in guter Gesellschaft befinde.
Also arbeite ich seit 1995 an diesem Buch, um mir alles von der
Seele zu schreiben, was mich, meine Familie und alle Menschen, die
mir in meinem Leben begegnet sind, betrifft. Ich erzähle von den
Menschen, die mir Gutes getan haben bzw. von denen, die mir nicht
so gut gesonnen waren.

Danksagung

Zu meiner Mutter habe ich heute immer noch ein gestörtes Verhältnis. Ich werde versuchen, ihr in einem Brief meine Gefühle und mein Verletztwerden von ihr zu schildern, in der Hoffnung, dass sie und ich einen Neuanfang beginnen können. Trotzdem danke ich ihr für mein Dasein auf dieser doch so schönen Welt. Meinen Großeltern danke ich für all die Liebe und Geborgenheit, die ich von ihnen bekommen habe.

Ein ganz großer Dank gilt Frau Moewe. Sie hat immer an mich geglaubt und mir stets mit Rat und Tat zur Seite gestanden. Sie war es, die mir immer wieder die Hoffnung gab, dass es mir eines Tages auch gut gehen würde.

Weiter möchte ich jenen Menschen danken, die mir bei der Gestaltung dieses Buches geholfen haben. Da wären Prof. Otto F. mit Ehefrau und Waltraut Heidecke, die leider das Erscheinen dieses Buches nicht mehr erleben kann, zu nennen.

Der größte Dank gilt meinen Kindern. Sie gaben mir immer wieder die Kraft und neuen Lebenswillen.

Alles was ich tat, habe ich für meine Kinder getan.

Es hat sich gelohnt.

Vorwort

Das Mutter-Tochter-Verhältnis war für mich in meinem ganzen Leben ein Problem. Es gab nie Vertrauen und spürbare Zuneigung zwischen meiner Mutter und mir. Dies hielt an, bis ich 56 Jahre alt war. Ich habe zwar immer versucht ihr zu zeigen, dass ich sie lieb habe, es kam aber nichts zurück. Vielleicht war es so, dass meine Mutter zu hohe Erwartungen an mich stellte, die ich nicht erfüllen konnte oder wollte. Manchmal können Menschen eben ihre Gefühle nicht zeigen.

In diesem Buch schreibe ich über Menschen, die noch am Leben sind, aber leider auch über jene, die nicht mehr unter uns weilen. Ich versuche niemandem wehzutun, nur Wesentliches und Tatsächliches aus meiner Sicht aufzuschreiben.

Allerdings habe ich ein Problem, meiner Mutter dieses Buch zu zeigen, nicht weil vielleicht etwas darin steht, was nicht so war, nein, es könnte sein, dass es ihr ja heute wehtut. Sie weiß, dass ich dieses Buch schreiben möchte. Ihr Kommentar dazu war, dass sie nicht mit ihrem Namen genannt werden möchte.

Vielleicht ist ihr bewusst geworden, dass es manchmal nicht korrekt war, wie sie mich behandelt hat.

Früher habe ich gedacht, es sei Respekt vor ihr, welcher bestimmt auch vorhanden war, heute würde ich sagen es war mehr Angst. Meine Angst vor ihr war immer vorhanden. Ich konnte ihr weder als Kind noch als Erwachsene etwas recht machen. Irgendwann aber konnte ich dieses Spiel nicht mehr spielen. Spiel, wieso Spiel? Ich weiß es auch nicht. Je älter ich wurde, um so mehr hatte ich das Gefühl, dass ihre Zuneigung nicht ehrlich war.

Woran habe ich das fest gemacht?

Das Miteinanderumgehen war zwischen ihr und meinem Bruder viel herzlicher, viel inniger, das merkte ich, wenn wir drei beieinander waren.

Also hatte ich mir überlegt, diese Sache mal in einem Gespräch mit ihr zu klären. Ich hatte mir nicht vorgenommen, morgen sagst du ihr deine Meinung, nein, es hat sich so ergeben, allerdings am Telefon. Ich hatte mir ein Herz gefasst und versucht, ihr meine Gefühle, die ich schon als kleines Kind hatte, zu vermitteln.

Ich konnte es nicht mehr ertragen, ständig zu hören, was ich doch als Kind alles verkehrt gemacht hatte, warum aus mir doch so gar nichts geworden sei. Diese Art von Konfrontation war nicht besonders gut. Dadurch, dass sie mein Erwachsenwerden nicht mitbekommen hatte, behandelte sie mich immer noch wie ein Kind. Ich habe ihr zu verstehen gegeben, dass ich 56 Jahre sei und nicht mehr 16. Unter Tränen fragte ich sie, warum sie mich immer so „runtergeputzt" habe. Ich wünschte ihr noch einen schönen Abend, dann nahm ich den Hörer des Telefons und schlug ihn voller Wut auf die Gabel.

Mein Entschluss stand in diesem Moment fest: Dies sollte das letzte Gespräch sein, das ich mit meiner Mutter geführt hatte.

Doch so einfach ist es nicht. Sie ist ja meine Mutter und ich habe sie lieb.

Also, so dachte ich mir, vielleicht denkt sie auch mal nach und springt über ihren Schatten und ruft mich an. Ich habe selten in meinem Leben so geweint wie in dieser Situation.

Ich rief meine Tante an, Tante Gundi, die Cousine meiner Mutter, sie war meine letzte Rettung. Ich musste reden. Sie ist die einzige, die meine Mutter sehr gut kennt. In den folgenden zwei Stunden erzählte ich ihr, was ich wieder mit meiner Mutter am Telefon erlebt hatte.

Sie tröstete mich und ließ mich erst mal erzählen, um mir dann klarzumachen, dass ich ein eigenes Leben hätte, welches wahrhaftig nicht einfach gewesen sei. Meine Mutter habe viel versäumt und sich nie richtig um ihre Kinder gekümmert. Sie könne jetzt nicht verlangen, dass Friede, Freude und Sonnenschein zwischen ihr und ihren Kindern herrsche und diese sich um sie so intensiv kümmern, wie es ja in normalen Familien üblich ist.

Ich will mich doch kümmern, mit ihr weiterhin in Kontakt bleiben und immer, wenn sie mich braucht, bin ich selbstverständlich für sie da. Ich möchte jeden Samstag ihre Stimme hören, mit ihr lachen und mir ihre Sorgen anhören. Seit diesem Anruf ist ihr, so glaube ich, klar geworden, dass ich kein Kind mehr bin. Es ist mein Leben mit all den schönen und weniger schönen Erlebnissen, das ich zu Papier bringen will. Jeder dieser Menschen, ob gut oder böse, haben mich zu dem gemacht, der ich heute bin. Ich weiß auch nicht, ob man überhaupt die Vergangenheit ausgraben sollte.

Man sollte sich nicht an das Schlechte erinnern. Schon Lots Frau hatte beim Blick auf Sodom und Gomorrha (1. Mose 19,) schlechte Erfahrung gemacht und war zur Salzsäule erstarrt.

Ich möchte schon gerne zurückschauen, auch um zu merken, dass ich mein Leben recht gut in den Griff bekommen habe, und trotz allem was geleistet habe.

Ich tue damit eigentlich niemandem einen Gefallen, nur mir. Ich möchte auch von niemandem bemitleidet werden. Es war halt so, mein bisheriges Leben, mit Höhen und Tiefen, genau so, wie viele andere Leben auch. Es hat nicht an Salz und Zucker gefehlt. War es mehr Salz, war es mehr Zucker? Ich glaube es hielt sich die Waage. Zum Glück war in meinem Leben für mich das Glas immer halb voll und niemals halb leer.

Nach zwei gescheiterten Ehen, dem Verlust eines wunderschönen Hauses, lebe ich seit neun Jahren mit einem 22 Jahre jüngeren Mann in einer Vierzimmerwohnung, mit zwei Katzen und diversen Zierfischen zusammen. Ich bin jetzt 56 Jahre und rund herum richtig zufrieden. Ich finde Zeit für meine Hobbys. In den letzten Jahren habe ich sehr bemerkenswerte Menschen kennen gelernt, von denen auch ich sehr viel lernen kann.

Eigentlich denke ich schon seit meinem 25. Lebensjahr darüber nach, mein Leben aufzuschreiben. Auf diese Idee bin ich gekommen, als ich einer Freundin, Monika ist ihr Name, von meinem bewegten Leben erzählt habe.

Wir tranken ein Glas Wein, und ich merkte, wie gespannt sie im Sessel saß und mir zuhörte was ich von meinem Leben erzählte. Dieses Gespräch war eigentlich dafür gedacht, ihr, die auch ab und an kleine unbedeutende Streitereien mit ihrer Mutter hat, klarzumachen, wie gut es ist, eine solche Mutter zu haben, wie sie eine hat.

Ihre Mutter war eine fleißige und liebevolle Frau, die nur für ihre Familie lebte. Nachdem wir etliche Stunden geplaudert und auch etliche Gläser Wein getrunken hatten, meinte sie: „ Eigentlich müsstest du das alles aufschreiben." Du hattest ein so kompliziertes Leben, um nicht zu sagen unnormales Leben. Für Otto Normalverbraucher „unnormal." Ich hatte erreicht, dass sie ihre Mutter mit anderen Augen sah. Mehr wollte ich nicht.

Sie merkte nun, wie gut es ist, eine so starke Familie hinter sich zu wissen.

Mit meinen Kindern habe ich an langen Winterabenden oft über meine Kindheit und meine Heimat Thüringen gesprochen, über meine Schulzeit, meine Schulfreundin und so manche kleine Schandtaten, die wir als Kinder gemacht hatten. Meine Schulfreundin, mit der ich ab und zu noch Kontakt habe, hat eine ähnliche Geschichte, was ihren Vater angeht.

Leider hat ihre Mutter das Geheimnis mit ins Grab genommen. Sie hat bis heute nicht erfahren können, wer ihr Vater war. In dieser Beziehung war ich meiner Mutter sehr dankbar, mich aufzuklären, wer mein Vater war.

Durch die Nachwehen des Krieges, aber auch durch den etwas eigenartigen Lebenswandel meiner Eltern war alles schon in meiner Kindheit nicht so normal wie üblich. Meine Mutter hatte Musik studiert und mein Stiefvater war Kunstmaler, Graphiker und Retuscheur. Seine große Leidenschaft war alles, was mit Kunst und Literatur zu tun hatte.

Das „unnormale" Leben resultierte aber mehr oder weniger daraus, dass mein Stiefvater, ein Künstler und ein geistiges Genie, im wahrsten Sinne des Wortes war, meine Mutter hingegen ein verwöhnter Nachkömmling war. Sie hatte klassische Musik an der Weimarer Musikhochschule studiert.

In diesen Kreisen war eben nichts normal. Es fand ein recht freizügiges Leben statt, was für Kinder nicht immer zuträglich ist. Doch soweit bin ich noch nicht, ich möchte von vorn beginnen.

Als es mich noch nicht gab

Thüringen war von den Amerikanern besetzt worden. Meine Mutter lernte einen jungen amerikanischen Soldaten kennen. Er war in Erfurt stationiert und hatte die Aufgabe, an einer großen Straßenkreuzung den Verkehr zu regeln. An dieser Kreuzung aber stand das Haus, in dem wir wohnten.

Zu den Beziehungen dieses GI`s zu unserer Familie und zu seiner Bedeutung für mich, gebe ich wieder, was meine Mutter, mein Onkel und andere Verwandte mir berichtet haben. Ich weiß nicht genau, wie sich meine Mutter und der amerikanische Soldat kennen gelernt haben; gewiss aber ist, dass sie sich bald ineinander verliebt haben. Bald ging er bei den Eltern meiner Mutter ein und aus.

Nun ist es an der Zeit, zur damaligen Situation meiner Familie einige Anmerkungen zu machen.

Sie hat nach dem Krieg keine Not gelitten. Sie hatte genug zu essen, Geld war auch in ausreichendem Maße vorhanden. Meine Oma hat in dieser Zeit sehr viel „gemauschelt". So nannte man es, wenn Gold und Silber, Geschirr und andere Wertgegenstände getauscht oder „verscherbelt" wurden. Gold und Geschirr nahm meine Oma aus dem Geschäft (des Großvaters). Zudem gingen alle Familiemitglieder – außer meine Mutter – einer geregelten Arbeit nach.

Es war also keine „Versorgungsbeziehung", die meine Mutter geschlossen hatte; es war Zuneigung und Liebe.

Ich habe schon angedeutet, dass meine Mutter innerhalb der Familie eine Sonderstellung einnahm. Großvater war der Auffassung, dass meine Mutter – das Nesthäkchen – nicht arbeiten brauche.

So blieb ihr viel Zeit, mit dem amerikanischen Soldaten zusammen zu sein und sich ihrer ersten großen Liebe – sie war gerade achtzehn Jahre alt – zu erfreuen.

Doch die Politik machte ihr einen Strich durch die Rechnung. Deutschland wurde neu aufgeteilt und Thüringen gehörte nun zur sowjetischen Besatzungszone.

Die Amerikaner zogen gen Westen, die Sowjetarmeen besetzten Thüringen am 3. Juli 1945. Tags darauf kehrte der Freund meiner Mutter zurück, um meine Mutter zu holen. Wie ernst die beiden jungen Leute ihre Beziehung nahmen, kann man daran sehen, dass der GI trotz bestehender Verbote nach Erfurt zurück kam und meine Mutter –durch eine amerikanische Uniform gedeckt im Jeep – in den westlichen Teil Deutschlands brachte.

Meine Mutter war zu diesem Zeitpunkt im zweiten Monat schwanger.

Kunigunde, Mutters um acht Jahre ältere Schwester, hatte Erfurt mit ihrem amerikanischen Freund bereits am 3. Juli verlassen.

Eindringlich führte sie ihrer jüngeren Schwester vor Augen, was es für sie bedeuten würde, ohne berufliche Ausbildung nun auch noch mit einem Kind in dieser ihr fremden Umwelt zu leben. Den Rat, das Kind abtreiben zu lassen, nahm die jüngere an, wohl wissend, dass eine Abtreibung gesetzlich verboten war und dass es der Beziehungen und der Zuwendungen bedurfte, um die Abtreibung zu erwirken.

Die Schwierigkeiten waren aus dem Weg geräumt; meine Mutter fand Hilfe in einem Krankenhaus. Sie bat ihre Schwester um deren Begleitung. Die Berichte der Familienmitglieder gehen in bezug auf die nun folgende Episode auseinander.

Die einen meinen, dass es Angst war, die meine Mutter beschlich, die anderen meinten, sie habe ihr Gewissen befragt. Kurzum, meine Mutter verließ das Krankenhaus; es kam nicht zur Abtreibung.

Was sollte nun werden? Im Westen bleiben, alleine mit dem Kind? Das ging nicht. Ihr blieb das Elternhaus und sie entschied sich nach Erfurt zurück zu gehen.

Kunigunde blieb im Westen und löste sich so von ihrem Elternhaus. Sie war schon zu Hause eine fleißige und strebsame junge Frau gewesen. Kunigunde war eine der ältesten unter den

„Königkindern" und musste immer mit zupacken, was meine
Mutter, wie gesagt, nie brauchte. Durch das schwere Arbeiten in
dem elterlichen Unternehmen hatte Kunigunde eine Fehlgeburt.
Dies hatte zur Folge, dass sie nie mehr in ihrem Leben Kinder
bekommen konnte.

Nun saß meiner Mutter die Angst im Nacken, denn sie wusste ja
nicht, wie die Eltern reagieren würden. Ihre Eltern reagierten
natürlich ganz toll, sehr tolerant und lieb.

In Erfurt angekommen, konnte ich mich nun im Mutterleib sehr gut
entwickeln und wurde am 24. März 1946 geboren. Es war ein
herrlicher Sonnentag und ein Sonntag obendrein.

Den Namen Helen gab mir mein Vater. Meine Mutter pflegte regen
Briefverkehr mit ihm. Er schrieb meiner Mutter, dass wenn es ein
Mädchen werde, solle es Helen heißen.

Es war sehr schwierig Post von Osten nach Westen zu schicken,
geschweige denn nach Amerika. Also ging die Post nach Amerika
über meine Tante Kunigunde. Kunigunde wurde dann auch meine
Patentante, sie wollte, dass ich einen zweiten Namen bekomme. Auf
meiner Geburtsurkunde standen nun die Namen Kirsten-Helen.

Ich wuchs bei meinen Großeltern im Hause auf.

Meine Bezugspersonen waren bis zum fünften Lebensjahr eine
Haushälterin, eine Kinderfrau und natürlich meine Oma und mein
Opa. Am liebsten war ich mit meinen Großeltern zusammen.

Meine Oma war eine streng katholisch erzogene, liebe und
warmherzige Frau, die nur für ihre Familie lebte.

Ihre Leidenschaft waren Musik, Kunst und Literatur. Sie spielte
mehrere Instrumente. Unter anderem Klavier, Zither,
Mundharmonika und Akkordeon. Jeden Abend spielte oder sang sie
mir ein Gute - Nacht - Lied. Am liebsten hörte ich das Lied „Guten
Abend, Gute Nacht, mit Rosen bedacht..." oder, „Wenn alle
Sternlein stehen." Ich liebte meine Oma über alles.

Ich erinnere mich, immer wenn sie mich in den Arm nahm, waren
all meine kleinen Kindersorgen weg. Sie gab mir sehr viel Wärme,
Zuneigung, Geborgenheit und Liebe.

Meine geliebten Großeltern

Oma wurde am 15. Januar 1890 in Bamberg geboren. Sie lernte meinen Opa in einer Firma kennen, für die beide tätig waren. Mein Opa war ein gelernter Kaufmann und war bei der Firma Manns in Bamberg als technischer Leiter tätig.

Er wurde am 30. August 1892 in Halle an der Saale geboren und war ein stattlicher, junger Mann. In der Firma, in der sie beide arbeiteten, war meine Oma bei Kommerzienrat Manns Privatsekretärin. Als sie meinen Opa das erste Mal sah, hat sie sich geschworen, mit diesem jungen Mann nie in ihrem Leben jemals ein Wort zu wechseln. Doch mein Opa, ein Charmeur, hat meiner Oma schnell den Kopf verdreht.

Es kam alles ganz anders.

Sie verliebte sich, und wie es sich gehörte, haben sie auch bald geheiratet.

Im Jahr 1919 haben sich beide in Erfurt eine eigene Existenz aufgebaut. Sie eröffneten ein Gold- und Silberwarengeschäft. Später kam noch Porzellan dazu. Sie waren sehr fleißig und machten gute Geschäfte.

Mein Opa war ein sehr guter Kaufmann, der seinen Beruf von der Pieke auf gelernt hatte, und so war das Geschäft das zweite am Platze. Das Geschäft war lukrativ. Es wurde ein großes Mehrfamilienhaus gekauft, um fürs Alter vorzusorgen. Das Geschäft wurde bald so groß, dass man Leute einstellen musste. Allerdings waren oft sehr lange Geschäftsreisen nötig, um gute Verträge abzuschließen. Auf diesen Reisen hat mein Opa dann bald auch andere Frauen kennen gelernt.

Oma führte zu Hause das Geschäft und erzog nun auch noch ihre Kinder. Sie selbst entstammte einer Familie mit vier Kindern.

Auch sie sollte es zu vier Kindern bringen. Ob sie damit glücklich war, wage ich zu bezweifeln. Ich glaube sie hat gedacht, dass mein Opa nicht mehr fremd gehen würde, wenn viele Kinder da waren.

Die Folge der Geburt ihrer Kinder war, dass sie sehr korpulent wurde. Mein Opa wandte sich nun anderen Frauen zu, welches meiner Oma nicht verborgen blieb. Ohne Oma konnte mein Opa das Geschäft nicht führen, sie konnte von einer perfekten Haushaltsführung bis hin zur tadellosen Führung eines Unternehmens alles.

Die Ehe drohte zu scheitern. Als meine Oma dann im Jahr 1926 wieder schwanger wurde, konnte man von einer intakten Ehe nicht mehr sprechen. So dachte sie, dieses Kind bringe sie beide wieder näher zueinander.

Am 1. Januar 1927 wurde meine Mutter in Erfurt geboren. Es war ein Silvestertag. Bei der Geburt war mein Opa mal wieder nicht zu Hause, sondern befand sich in den Armen einer anderen Frau.

Am Neujahrstag, keiner wusste wo er her kam, war meine Mutter bereits zwei Stunden alt. Er hat sich weder um meine Mutter noch um meine Oma gekümmert. Sie war vom Vater nicht erwünscht, jedoch willkommen, zuerst geliebt von der Mutter, später auch vom Vater.

Nach einer Weile ging er an das Bettchen meiner Mutter und schaute kurz hinein. Dann verließ er schweigend das Zimmer. Kurze Zeit später nahm er dieses kleine Wesen aus dem Bettchen und begab sich mit dem Baby ins Schlafzimmer. Hier schloss er sich für ein paar Stunden ein. Sie nahm ihn in ihren Bann und völlig in Besitz.

Die anderen Geschwister hatten keine Chance gegen die „kleine Schwester". Niemand weiß was in ihm vorging, als er mit ihr im Schlafzimmer war. Von diesem Zeitpunkt an war meine Mutter sein Lieblingskind.

Sie brauchte weder in der Firma helfen noch musste sie etwas leisten, was nur annähernd ähnlich einer Arbeit war. Er las ihr jeden Wunsch von den Augen ab, als Kind und auch als erwachsene Frau. Das sollte ihr später zum Verhängnis werden. Mein Opa tat ihr damit keinen Gefallen. Im Leben bekommt man nun mal nichts ohne eine Gegenleistung. Er dachte vielleicht, er lebe ewig. Das hatte er wahrscheinlich vergessen.

Diese Einstellung prägte meine Mutter für ihr weiteres Leben bis ins hohe Alter.

Als Kind wurde sie von ihrem Vater über alles verwöhnt. Als Erwachsene hat sie das, was sie brauchte und wollte von ihrem Vater gefordert.

Ich erinnere mich gerne an eine schöne Episode. Sie fragte ab und zu nach zwei Mark für eine Schachtel Zigaretten. „Nein", sagte er: „Für Zigaretten gibt es von mir kein Geld." Er blieb dann einige Stunden zu Besuch. Als er ging, gab er ihr 20 Mark und sagte: „ Kauf dir aber keine Zigaretten davon."

Ja, mein lieber Opa lebte sein Leben und meine Oma das ihre. Eines Tages, oder besser nachts, es war morgens um fünf Uhr, klingelte das Telefon und eine Stimme sagte:

„Heil Hitler, ihre Tochter Irmgard ist heute morgen bei einem Autounfall tödlich verunglückt, Heil Hitler." Für meine Großeltern brach eine Welt zusammen. Die schon kaputte Ehe war nun endgültig gescheitert.

Sie führten jedoch beide das Geschäft weiter, Oma immer in der Hoffnung, Opa komme wieder zu ihr zurück. Sie saßen sich im Büro gegenüber und keiner merkte, dass beide getrennt lebten. Nachts blieb er nicht mehr in der gemeinsamen ehelichen Wohnung. Diese Zeit muss für meine Oma furchtbar gewesen sein.

Meine Mutter ging ihrem Leben nach. Sie lernte wieder einen neuen Mann kennen und verliebte sich erneut.

Ich weiß bis heute nicht, ob sie überhaupt wahrgenommen hat, was sich in ihrer Familie abspielte.

Ein Vater tritt in mein Leben

Am 30. August 1947, also am Geburtstag meines Opas, heiratete meine Mutter meinen Stiefvater, den ich sehr geliebt habe. Er war sehr intelligent und hatte ein großes Allgemeinwissen. Meine Oma fand das sehr gut und kam mit ihm sehr gut klar. Doch außer seinem Wissen und seinem Können im Beruf hatte er nichts. Meine Mutter hatte beruflich nichts gelernt, aus dem Musikstudium hatte sie nichts gemacht und mein Vater, der gerade aus russischer Gefangenschaft zurück kam, hatte auch nichts.

Also haben sie beide mit der finanziellen Unterstützung ihrer Eltern gerechnet.

Aus Erzählungen weiß ich, dass meiner Mutter die besten und teuersten Möbel für ihren Hausstand von ihren Eltern finanziert wurden.

Meine Mutter wurde recht bald wieder schwanger und am 27. April 1948 von einen Jungen entbunden. Heinz, so wurde er genannt. Allerdings sollte auch er keine so schöne Kindheit haben. Ich weiß noch, dass er Schläge bekam, bis er Blutergüsse an den Wangen hatte. Meine Mutter stand daneben und schaute zu, ohne einzugreifen.

An unserer Küche war ein Balkon. Bei dieser Tür saß mein Bruder auf dem Fußboden und schaukelte immer hin und her, dabei schlug er mit seinem Hinterkopf immer gegen diese Tür.

Heute weiß ich, dass er verhaltensgestört war. Keiner der Erwachsenen nahm davon Notiz. Wenn ich heute darüber nachdenke, wie man ihn behandelte, kann ich nicht verstehen, dass niemand in der näheren Umgebung dafür gesorgt hat, diesen beiden Menschen die Kinder wegzunehmen.

In unserer Küche befand sich ein Handtuchhalter, auf dessen oberem Teil ein Rohrstock lag. Dieser wurde bei jeder möglichen Gelegenheit benutzt. Für eine Lüge bekamen wir fünf und für das Zu -spät - oder Nicht- erscheinen bei Tisch zehn Rohrstockschläge,

17

je nach Laune desjenigen, der den Stock in die Hand nahm. Es war meistens mein Stiefvater. Mich hat er allerdings nur einmal geschlagen. Er hat sich meistens an seinem Sohn ausgelassen. Ich war ein sehr braves Kind, so sagte mir meine Mutter einmal. Wenn ich geschlagen wurde, war es, weil ich mal wieder gelogen hatte. Gelogen habe ich aber nur, weil ich Angst vor meiner Mutter hatte. Doch auch ich bekam von ihr sehr oft Schläge. Allerdings nicht mit dem Stock, sondern meistens mit den Händen. Diese Schläge gingen ins Gesicht. Wenn sie sich dann dabei auch noch einen Fingernagel abbrach, gab es noch mehr auf den Kopf.

Ich erinnere mich an eine Sache, die sich in meinen Kopf eingebrannt hat.

Ich musste mal wieder eine Seite schönschreiben und durfte nicht über die Linien hinausschreiben. Doch mit einem Mal klingelte es an der Tür, und ich war so erschrocken, dass ich aus Versehen über die oberste Linie kam.

Dies bekam meine Mutter nicht sofort mit, da sie zur Tür ging um zu öffnen. Meine Angst steigerte sich so, dass mir übel wurde und ich mich auf die im Raum befindliche Couch legte. Doch als sie den Raum wieder betrat und sah, was ich angerichtet hatte, bekam ich selbstverständlich meine Ohrfeige.

Falls sich doch mal zufällig rausstellte, dass wir ungerecht Schläge bekommen hatten, wurde uns gesagt, das sei für das nächste Mal. Ab und zu wollten wir Freunde mit nach Hause nehmen, dann hieß es: „Nein, dass geht nicht." Papi muss sich konzentrieren und schlafen. Er braucht eine ruhige Hand für seine Arbeit, und deshalb Ruhe. Ich erinnere mich, dass ich mal die Tür geknallt hatte beim Schließen.

Es war Durchzug. Mein Vater kam, wie von der Tarantel gestochen aus dem Zimmer und befahl mir, hundertmal schönzuschreiben „Ich darf die Tür nicht knallen". Meine Freizeit war wieder dahin.

Mein Bruder erzählte mir viel später, dass er diese Geschichten aus unserer Kindheit, die ihm noch in Erinnerung geblieben waren, seiner Tochter erzählt hat. Christina, so heißt meine Nichte, hat geweint, als sie dies alles hörte. Ihr wurde klar, mit wie viel Liebe und Zuneigung sie von ihren Eltern erzogen wurde.

Aus heutiger Sicht möchte ich behaupten, es wäre für meine Eltern besser gewesen, keine Kinder in die Welt zu setzen. Sie waren keine Familienmenschen, außerdem war mein Stiefvater auch noch bisexuell. Für ihn gab es nur eines: Kunst, Literatur und Antiquitäten. Für meine Mutter gilt dasgleiche, sie war sich selbst die Nächste und sehr egoistisch denkend, was im Alter immer schlimmer wurde. Kinder waren für beide das Ergebnis ihrer sexuellen Handlungen. Ich kann mich allerdings über meinen Stiefvater nicht beklagen. Seine Kunst hat mich interessiert und für Literatur war ich auch zu haben.

Er behandelte mich besser als sein eigen Fleisch und Blut.

Mir ist in meinem ganzen Leben nie wieder ein solch intelligenter Mensch begegnet. Ich kann heute nicht sagen, warum ich ihn so geliebt habe und immer noch gerne an ihn denke.

Doch es gab hin und wieder auch schöne Erlebnisse die mir heute noch im Gedächtnis sind. So hatten wir zwei wunderschöne Chow-Chow- Hunde. Banja von der Lauenburg und Kira. Banja konnte Kommunisten nicht ausstehen. Man brauchte nur zu sagen: „Die Kommune kommt," so biss und kratzte sie an der Tür. Mittlerweile war schon keine Farbe mehr dran. Wer ihr das beigebracht hatte, weiß ich heute nicht mehr.

Ich könnte mir vorstellen, dass dies mein Vater getan hat. Eigentlich war er ein recht lustiger Mensch mit viel Witz und geistigen Humor. Es kam schon mal vor, dass man im Winter sonntags uns Kinder und einen der Hunde nahm, um mit uns im Steigerwald Schlitten zu fahren.

Doch eines ist mir bis zum heutigen Tag nicht in Erinnerung geblieben. Ich weiß nicht, was wir an Spielzeug zu Weihnachten bekommen haben. Wir spielten immer mit den Spielsachen meiner Mutter, die sie als Kind hatte. Meine Spielkameraden haben mich allerdings um diese Spielsachen beneidet. Solange Oma lebte, bekam ich doch mal eine Schildkröt - Puppe. Ob es jedes Jahr die gleiche war, weiß ich auch nicht. Wenn es Weihnachten war, lag sie unter dem Weihnachtsbaum, zwei Tage später hatte mein lieber Bruder die schönen Augen mit den Fingern nach innen gedrückt. So kam sie zum Puppendoktor, bekam neue gestrickte oder gehäkelte Sachen an, und im nächsten Jahr lag sie wieder unter dem Baum. Unsere Weihnachtsgeschenke bestanden überwiegend aus Kleidung und Süßigkeiten. Das war eben in dieser Zeit der Entbehrungen so. Anderen ging es noch weitaus schlechter.

Das Leben mit meiner Familie

Wir lebten alle in einem riesigen Haus mit Verkaufsräumen, Büro und Lagerräumen. Zwei Achtzimmerwohnungen, die von unseren zwei Familien bewohnt wurden waren mein Zuhause.

Meine Familienangehörigen waren: mein Stiefvater, meine Mutter, mein Bruder, mein Opa, meine Oma, der Bruder meiner Mutter mit drei Kindern und Frau. Gleichfalls gehörten eine Haushälterin und eine Kinderfrau dazu. Die Haushälterin, Fräulein Liesbeth so war ihr Name, war aus einem kleinen Dorf nahe bei Erfurt und hat deshalb ebenfalls mit bei uns gewohnt.

Es herrschte immer reges Treiben. Für uns Kinder war das sehr schön, denn wir waren nie allein. Wir kannten keine Langeweile. Bei uns wurde sehr viel gebastelt und musiziert.

Meine Oma, eine herzensgute Frau, machte keine Unterschiede zwischen arm und reich. Unsere Angestellten aus Büro und Lager saßen immer mit am Esstisch.

Es war die Zeit der großen Flüchtlingstrecks.

Die Flüchtlinge, die sich in unserem Hinterhaus niedergelassen hatten, wurden natürlich von meiner Oma sehr unterstützt. Diese Menschen konnten in unserer Firma arbeiten und bekamen dafür eine gute Bezahlung.

Es war natürlich nicht immer Geld, sondern ab und zu nähte meine Oma aus alten Kleidern und Röcken Sachen für die Kinder der Flüchtlinge. Einmal in der Woche wurden drei Brote an Arme verteilt.

Nach einiger Zeit – es war schon nach dem Krieg – lernte mein Opa eine junge Frau kennen.

Er wollte sich von meiner Oma trennen, um mit dieser jungen Frau zusammenzuleben.

Im Jahr 1951, es gab schon Ost- und Westdeutschland, da beschloss mein Opa, die sowjetisch besetzte Zone zu verlassen, um sich in Garmisch-Partenkirchen wieder mit einem Porzellanvertrieb niederzulassen. Die Kontakte zu den Bayrischen Porzellanmanufakturen bestanden immer noch, also war es relativ einfach, wieder in das Geschäft einzusteigen und sich im Westen wieder selbstständig zu machen.

Zu dieser Zeit war es sehr schwierig, vom Ostteil in den Westteil von Deutschland zu kommen.

Um nun in den amerikanisch besetzten Teil zu kommen, benutzte er einen angeheirateten Neffen, der an der Grenze als Polizist tätig war. Ralf, so hieß der Neffe, musste nun alles arrangieren. Es war ein schwieriges Unterfangen.

Ralf, der an der Grenze seinen Dienst tat, ließ meinen Opa nachts passieren. Alles hat prima und reibungslos geklappt, so plante man nun auch, die Freundin meines Opas rüber zu bringen.

Die Flucht der Freundin ging genauso reibungslos über die Bühne. Beide gingen nach Bayern, wie gesagt, nach Garmisch-Partenkirchen, wo sie in einem kleinen Zimmer mit Balkon lebten. Das Häuschen war direkt am Fuß der Zugspitze.

In diesem einen Zimmer lebten mein Opa, Ingelore, so hieß die Freundin, und das später geborene Baby. Heute ist das kaum vorstellbar. Auf dem Balkon saß mein Opa im Sommer und erledigte seine Büroarbeit. Ingelore wurde schnell schwanger. 1952 wurde das Kind dieser beiden geboren. Heidemarie war ihr Name.

Oma lebte in der DDR weiter mit der übrigen Familie und führte nach bestem Wissen und Gewissen das Geschäft. Der Bruder meiner Mutter, ebenfalls ein guter Geschäftsmann, hat meine Oma bestens unterstützt.

Sie lebte zwar in ihrer Umgebung mit ihrer Familie, aber ihr geliebter Ehemann war nicht mehr bei ihr.

Dieses Zurückgelassen- und Verlassenwerden hat bei meiner Oma tiefe Narben auf der Seele hinterlassen. Sie hatte keinen richtigen Lebenswillen mehr.

Dazu kam noch das Führen des Unternehmens unter den schwierigen Bedingungen eines Privatbetriebes in der DDR. Es wurde alles verstaatlicht, um eine bessere Kontrolle über das Kapital zu bekommen. Den Kapitalismus wollte man abschaffen. Also mussten solche Unternehmen verschwinden. Man hat sie von staatlicher Seite sehr unter Druck gesetzt. Sie sollte das Geschäft aufgeben oder sich einer Handelsorganisation anschließen, doch sie hat sich geweigert bis zuletzt. Ihr wurde vom Großhandelskontor keine Ware mehr geliefert.

Zu allem Übel wurde ich auch noch schwer krank.

Alle hatten große Angst um mich. Es war die Zeit der Kinderlähmungsepidemie. Auch ich war davon betroffen. Allerdings hatte ich großes Glück. Durch einen Schock – man nannte es Kinderlähmungsschock – blieben bei mir, außer einem kleinen Hüftschaden, keine gravierenden Schäden zurück.

Ich weiß nicht, warum ich gegen nichts geimpft wurde – weder gegen Kinderlähmung, Masern und Keuchhusten noch gegen Pocken. Mir ging es sehr schlecht, keiner hat jemals geglaubt, dass ich das überstehen würde. Damit ich mich ein bisschen wohl fühlen und etwas Freude haben sollte, hat meine Oma einen Musikanten bestellt.

Es war ein Geigenspieler.

In dem Haus in dem wir lebten gab es ein Vorder- und Hinterhaus. Auf dem Hof hat, zu der Zeit als ich krank war, immer dieser Geigenspieler musiziert.

Er spielte die schönsten Volkslieder. Eines Tages, ich war Gott sei Dank wieder gesund, kam dieser alte Herr wieder, um mit seiner Geige zu spielen. Ich rannte auf den Hof, um nach ihm zu sehen. Wir begrüßten uns wie alte Freunde. Er freute sich, dass ich nun endlich gesund war und wieder auf dem Hof spielen konnte. Ich hatte lange Haare und deshalb nannte er mich Hexe. Er kam täglich und spielte seine Lieder. Die Menschen, die zu Hause waren, öffneten die Fenster um ihm zuzuhören, wer konnte, warf einen eingewickelten Groschen auf den Hof. Ich durfte das Geld auswickeln und in seinen Geigenkasten werfen.

Meine Oma packte ein kleines Päckchen mit etwas Essbarem zusammen, welches ich ihm dann immer geben musste. Einen Teller

Suppe bekam er auch noch. Ich liebte diesen alten Mann. Er hatte immer Handschuhe an, an denen die Finger abgeschnitten waren, eine dicke Hornbrille zierte sein Gesicht. Sein langer dunkelblauer Lodenmantel roch immer ein bisschen komisch. Manchmal nahm er mich auf den Arm. Sein Kopf wurde von einer Schildmütze bedeckt, bei der man die Krempe herunterklappen konnte, somit hatte er auch noch warme Ohren. Er trug, wenn es kühler war, trotzdem noch zusätzlich Ohrenwärmer. Manchmal war er ein bisschen schmuddelig.

Jeder in den Häusern freute sich schon immer, wenn er mit seiner Geige spielte. Die Frauen haben dann, wenn sie in der Waschküche waren, lauthals mitgesungen.

Ich habe diesen alten liebenswerten Herrn Jahre später, genauer gesagt hatte ich mein erstes Kind schon, bei einem Besuch in Erfurt das letzte Mal gesehen.

Nach ein paar Jahren des Alleineins spielte die Gesundheit meiner Oma einen bösen Streich. Sie wurde sehr krank und kam in ein Krankenhaus. Ich weiß von meiner Mutter, dass da meine Oma mich gern noch einmal sehen wollte, ich auch mit ins Krankenhaus genommen wurde, dann aber doch nicht mit ins Krankenzimmer durfte. Mir ist heute noch im Gedächtnis, dass ich im Schwesternzimmer mit der Schwester gespielt habe.

Irgendwann hat mein Stiefvater mich und meinen Bruder gemalt. Diese beiden Bilder hingen über dem Sterbebett meiner Oma. Sie ist am 6. Juni 1952 um zehn Uhr eingeschlafen.

Dies ist eine Sache, mit der ich lange Jahre nicht fertig werden konnte. Sechs Jahre habe ich gebraucht, um endlich zu begreifen, dass meine Oma tot ist und nicht wiederkommt. Ich wusste noch nichts vom Tod. Es hieß immer – Oma ist im Himmel.

Jeden Abend habe ich in meinem Bett geweint.

Meine Oma hatte mir mal erzählt, dass die Sterne am Himmel, die am hellsten strahlen, liebe Menschen auf der Erde waren. Als ich dann von meiner Mutter hörte, Oma sei im Himmel, suchte ich immer nach dem hellsten Stern.

Ich zeigte meinem Bruder jeden Abend am Fenster den hellsten Stern am Himmel und sagte, das ist der Stern von Oma. Im September 1952 wurde ich eingeschult und bekam noch nachträglich von meiner schon toten Oma eine wunderschöne Uhr und einen Schulranzen.

Das war das letzte Geschenk, das ich von ihr bekam.

Überlegt habe ich aber doch: „Wieso einen Schulranzen und eine Uhr von der Oma, wo sie doch im Himmel ist?"

Ich konnte das alles nicht begreifen. Reden konnte ich mit keinem darüber. Man hatte entweder keine Zeit oder keine Lust, sich mit mir darüber auseinander zu setzen.

Man sagt ja, die Grunderziehung muss bis zum ersten Lebensjahr beendet sein. Heute weiß, ich, dass dies so ist.

Ich glaube von mir sagen zu können, dass ich durch die Liebe und unendliche Zärtlichkeit, die mir meine Oma und mein Opa gegeben haben, heute in der Lage bin, auch Liebe an Menschen weiterzugeben.

Einige Sprichwörter, die mir meine Oma mit auf den Weg gegeben hat, sind heute noch Leitfäden für mein Leben.

Als Kind habe ich nie darüber nachgedacht, welchen Sinn sie haben. So hat sie mir immer gesagt, man solle nicht Gleiches mit Gleichem vergelten. Heute kann man eigentlich nicht mehr nach dieser Weisheit leben, denn jeder ist sich doch selbst der Nächste.

Trotzdem lebe ich aber weiter nach diesem anerzogenen Prinzip. Ich werde mich nicht mehr ändern. Ich bin immer überzeugt von dem Guten im Menschen und glaube, dass es ganz wichtig ist, den jungen Menschen etwas vom friedlichen Zusammenleben zu vermitteln. Man kann nicht erwarten, dass Menschen liebevoll miteinander umgehen, wenn man ihnen Gewalt vorlebt. Kinder sind immer das Produkt ihrer Eltern oder derer, die mit ihnen zusammen leben.

Jetzt war es ohne meine Oma sehr ruhig geworden in unserem Haus. Hausmädchen und Kinderfrau gab es auch nicht mehr. Mein Bruder und ich waren mehr oder weniger uns selbst überlassen. Gelernt hatten weder unsere Mutter noch unser Vater, sich mit Kindern zu beschäftigen. Basteln haben wir uns selbst beigebracht. Falls es Fragen gab, wurde nur gesagt: „keine Zeit."

Meine Eltern fassten den Entschluss meine Oma, die Mutter meines Stiefvaters, mit zu uns in die Wohnung zu nehmen. Jeder, der zu viel Wohnraum hatte, musste etwas abgeben. Um nicht fremde Leute aufnehmen zu müssen, sahen meine Eltern dies als eine gute Lösung an. Oma Dietel, so nannte ich sie, zog zwar bei uns mit ein, aber es half nichts. Man setzte uns in den vorderen Teil der Wohnung eine Polizistenfamilie.

Er war ein Erzkommunist. Alte Schule. Ich habe ihn vom Aussehen her mit dem Schauspieler Hubert von Meyerringk verglichen.

Diese Oma Dietel, wohnte mit in unserem Zimmer. Wir Kinder dachten, es werde schön sein, wenn abends unsere Oma mit im Bett liegt. Auch sie erzählte viel von ihrer Kinderzeit, und es war immer wieder spannend. Aber so schön wie die Abende im Bett waren, so hässlich waren die Tage. Oma Dietel hat es immer verstanden, meinem Vater kleinere oder größere Vergehen von uns Kindern zu melden, damit der Rohrstock auch immer seinen Weg auf den Rücken meines Bruders fand.

Ich musste viel im Haushalt machen, da war nicht mehr viel Zeit für das Spielen.

Auf die aufgetragenen Hausarbeiten hatte ich keine Lust. Oma Dietel kontrollierte mich, wo sie nur konnte. Manchmal habe ich die Töpfe, die ich nicht säubern wollte, weil ich Töpfe säubern hasste, unter den kleinen Kindertisch auf dem Balkon gestellt. Aber das ging nicht lange gut.

Der Schrank wurde immer leerer. Diese Masche hat meine Oma D. schnell durchschaut und so blieb die Strafe meines Vaters und meiner Mutter nicht aus. Ich musste den gesamten Topfschrank ausräumen und alle Töpfe, auch die sauberen, abwaschen. Und wieder wurde nichts daraus, mit einer Freundin spazieren zu gehen oder zu spielen. Mir blieb also nichts anderes übrig, als dass ich meine Arbeit immer gut erledigte. Von ihr habe ich viel im Haushalt

gelernt, wenn auch nie Lust dazu vorhanden war. Draußen spielten
ja meine Freundinnen. Ich merkte jedoch auch, dass sie nicht so gut
war wie meine Oma, die leider tot war.

Nach dem Krieg gab es fast täglich Stromsperren. Diese Zeit nutzte
meine Oma Dietel immer, um sich bei Kerzenschein mit mir zu
unterhalten. Sie erzählte viel von früher und über die
Jahrhundertwende.

Auf meine Frage, wann wieder eine Jahrhundertwende käme, sagte
sie mir dann: „Kind da hast du noch 50 Jahre Zeit." Nach reiflicher
und längerer Überlegung stand für mich fest, dass ich das nicht
erleben würde. Ich hatte kein Zeitgefühl. Für mich als siebenjähriges
Mädchen waren 50 Jahre eine Unendlichkeit.

Von ihr habe ich auch Strümpfe stopfen, stricken und nähen gelernt.
Weil ich mit Liebe handarbeitete, schenkte sie mir einen Stopfpilz
mit einem eingebranntem Spruch, der da hieß „Wenn Dich die
bösen Buben locken, bleib zu Haus und stopfe Socken." Vielleicht
dachte sie, ich würde danach leben.

Für meine Mutter wurde es langsam unerträglich, mit der
Schwiegermutter in einer Wohnung zu leben. Alles, was meine
Mutter tat, machte meine Oma Dietel besser, so sagte zumindest
mein Stiefvater.

1953 am 17. Juni, als es dann zum Arbeiteraufstand in der 1949
gegründeten DDR kam, wurde endlich das Reisegesetz geändert. Ich
weiß heute noch, dass wir uns in die Wahnsinnsschlange vor dem
Pass- und Meldeamt stellten, um eine Besuchserlaubnis für die Reise
zu meinem Opa zu ergattern. Meine Mutter wollte, nachdem ihre
Mutter ja 1952 verstorben war, endlich zu ihrem Vater.

Wir fuhren 1953 in den ersten großen Ferien zu meinem Opa nach
Garmisch-Partenkirchen. Und damit fing mein „unnormales Leben"
an.

Wie ich später erfahren habe, hatten sich mein Stiefvater und meine
Mutter bereits 1952 scheiden lassen, aber sie lebten weiter, wie
verheiratet, zusammen. Uns Kindern ist das allerdings verborgen
geblieben. Es gab vor der Scheidung Krach und Streit, und nach der

Scheidung war es das Gleiche. Doch bei diesen Streiten ging es immer nur ums Geld. Meine Mutter hatte ja nicht gelernt, mit Geld umzugehen.

Bei diesen Streitereien wurde immer nur geschrien.

Es wurde so laut geschrien, dass selbst die Nachbarn ihre offenen Fenster schlossen. Meine Mutter bekam Haushaltsgeld, welches so wenig war, dass man davon eine vierköpfige Familie nicht ernähren konnte. Wirtschaften hatte sie ja auch nicht gelernt, also musste ihr das jemand beibringen. Allerdings ist das nicht so einfach, wenn ein Mensch dann schon etwas älter ist. Mein Stiefvater war ein sehr sparsamer Mensch, der jeden Pfennig zweimal umdrehte. Er kam aus einer eher ärmlichen Familie und konnte daher nicht zuschauen wie meine Mutter das Geld zum Fenster rauswarf. Er wurde von meiner Mutter immer als Geizhals hingestellt. Dies war nicht so. Sein teures Hobby waren Antiquitäten. Damit wurde er auch reich. D. h. sein fachliches Wissen und sein Näschen oder Gespür hat ihn zu einem reichen Mann gemacht.

Dieser tägliche Streit war für uns Kinder normal. Es flogen die Fetzen. Manchmal zum Gespött der Nachbarn.

Wir Kinder nahmen an, das sei normal. Aber ich habe doch bald festgestellt, dass es eben nicht normal war. Bei meinen Schulkameradinnen war ein liebevolles Miteinander. Zumal ja jeder froh war, dass der Vater aus dem Krieg zurückgekommen war. Was ja nicht überall so war.

Nun endlich erfuhr ich auch, wer mein Vater war.

Jetzt war ich in der Schule und lernte lesen und schreiben.

Irgendwann musste ich mal einen Brief schreiben, den ich aber nicht verstand. Die Überschrift war: My dearest father! Das verstand ich nicht. Doch dann erklärte mir meine Mutter, es sei ein Brief an meinen Vater, der in Amerika lebe.

Zuerst fand ich es schön, von einem Amerikaner zu sein. Voller Stolz erzählte ich Gott und der Welt, dass ich einen Amerikaner als Vater habe. Ich fühlte mich als etwas Besonderes. Warum weiß ich nicht.

Doch später sollte ich erfahren, was es heißt ein Besatzungskind zu sein: Man wurde oft schief angesehen. Dies vor allen von der älteren und konservativen denkenden Generation. Heute wäre es kein Problem mehr, ein Kind von einem Ausländer zu haben. Dies ist Gott sei Dank eine positive Änderung des Zusammenlebens der Menschheit.

Meine erste Reise in den Westen

Also, der Antrag zur Besuchsreise nach Garmisch-Partenkirchen war gestellt, und bald konnten meine Mutter, mein Bruder und ich zu meinem Opa fahren. Geplant waren nur vier Wochen. Doch wie so oft im Leben, kommt es anders als man denkt.

Nach drei Wochen bekam meine Mutter eine Rippenfellentzündung und so blieben wir etwas länger.

Als diese Krankheit vorbei war, habe ich mich mit einer Schere so schwer verletzt, dass mein Opa wollte, dass diese Verletzung im Westen behandelt werde. Ich hatte mir die Schere so tief in die Handfläche gestoßen, dass sie am Handrücken wieder herauskam.

Meiner Mutter wurde, durch wen auch immer, zugespielt, dass mein Stiefvater ein Verhältnis mit einer anderen Frau habe. Nach langem Bereden mit meinem Opa und dessen Frau wurde beschlossen, dass wir also im Westen bleiben sollten. Meine Mutter suchte sich, man höre und staune, eine Putzstelle bei einer amerikanischen Familie.

Sie sprach ein perfektes Englisch, so dass sie keine Verständigungsschwierigkeiten hatte. Allerdings war es mit der Logis von meiner Mutter und uns zwei Kindern, dann doch nicht so einfach.

Man fand dann eine Lösung, die auf dem ersten Blick eine sehr gute war. Mein Bruder blieb bei meiner Mutter, und ich musste zu einer mir bis dahin fremden Frau. Da waren ebenfalls zwei Mädchen. Ich weiß noch, dass ich beim Abendgebet immer vor dem Bett knien musste, statt wie in meinem Elterhaus üblich im Bett betete. Wenn ich dann abends in meinem Bett lag, dachte ich immer darüber nach, warum mein Bruder bei meiner Mutter war, und ich nicht. Meinen Großvater liebte ich, warum wollte er mich nicht mehr?

Ich fühlte mich sehr allein. Erst mit 57 Jahren bekam ich eine Erklärung dafür, warum ich nicht mehr bei meiner Mutter leben durfte. Diese amerikanische Familie hatte selbst zwei Töchter, Sissy und Elaine, und deshalb wollte man nur meinen Bruder behalten.

Er war ein Junge. Ich musste somit das Haus verlassen. Warum meine Mutter sich auf solch eine Lösung einließ, weiß ich bis heute nicht. Es ist für mich unerklärlich. Ich kann heute noch nicht mal sagen, ob es mir da gefallen hat oder nicht.

An die Frau, bei der ich lebte, habe ich keine genaue Erinnerung mehr. Ich musste nun auch in die Schule, und so suchte man eine katholische Mädchenschule aus.

Auf dieser Schule waren keine Jungs, was ich aus Erfurt nicht kannte. Mein Bruder wohnte mit meiner Mutter im Dachgeschoss des Hauses, in welchem sie auch arbeitete. Die Frau des Hauses war eine typische Amerikanerin.

Sie schlief bis mittags und ging dann shoppen oder in irgendwelche amerikanischen Clubs. Meine Mutter war für alles zuständig. Ich möchte behaupten, dass meine Mutter gute Arbeit geleistet hat.

Ab und zu holte meine Mutter mich zu dieser Familie in dieses Haus. Ich habe heute noch manchmal den Geruch dieser Wohnung in meiner Nase. Es roch immer nach Babyöl und Ananas.

Als Weihnachten vor der Tür stand, bekamen wir Besuch aus der DDR. Es war mein Stiefvater. Er wollte meine Mutter wieder zurückholen. Jedoch haben mein Bruder und ich am Heiligen Abend vergebens auf unsere Geschenke gewartet. Am nächsten Morgen hingen unsere großen Stiefelstrümpfe am Kamin.

Man kannte das in Deutschland vom Nikolaustag her.

In Amerika werden die Geschenke erst am Vormittag des ersten Weihnachtsfeiertags den Lieben überreicht.

Das wussten wir nicht. Ich kann heute nicht mal mehr sagen, was ich geschenkt bekommen habe.

Ich weiß nicht, was mein Stiefvater meiner Mutter alles versprochen hat. Ich weiß nur, dass sie unser Ränzlein schnürte und der Fahrer meines Opas, Herr Ruprecht, uns mit dem Auto nach München brachte. Meine Mutter stieg mit uns beiden Kindern und dem übermäßigen Gepäck in den Zug, jedoch wollte mein Stiefvater nicht mit ihr zusammen im gleichen Abteil fahren und so überließ er alles meiner Mutter. Später beklagte sie sich über diese Verhaltensweise.

Als sie sich bei mir darüber beklagte, war ich schon erwachsen. Ich konnte sie nur fragen, warum sie dann mit ihm zurückgegangen sei, wenn sie doch sein Verhalten uns gegenüber schon auf dem Münchener Bahnhof nicht akzeptieren konnte.

Ich kann mich noch erinnern. Als wir in Erfurt ankamen, war alles genauso grau und trist wie bei unserer Abreise. Irgendwie hatte ich das Gefühl, das es ein Fehler gewesen war, wieder mit zurückgegangen zu sein. Doch ein Gutes hatte es: Ich war wieder mit Mutter, Vater und Bruder zusammen. Das Verhältnis, welches mein Vater hatte, war beendet.

Es war die Frau eines guten Freundes meiner Eltern gewesen. Olga, die Frau des Schauspielers Ralph B., der auch noch zu Zeiten der DDR bei der DEFA gespielt hat.

Ihn habe ich in guter Erinnerung. Er und Max Z. haben mir und meinem Bruder ein Lebkuchenhäuschen, welches wir zu Weihnachten bekommen sollten, ertauscht. Ertauscht deswegen, weil es nichts gab. Man musste entweder etwas ertauschen oder auf andere Weise besorgen.

Heimkehr oder zurück

Wir waren wieder an unserem Ausgangspunkt angelangt. Ich kam hier in Erfurt wieder in eine neue Schule.

Die Zeit nach dem Krieg war in der DDR immer noch sehr ärmlich und so gingen die Kinder in zwei Etappen in die Schule. Die Kleinen waren morgens und die Großen waren dann nachmittags in der Schule. So brauchte man nur eine Hälfte der Schule heizen. Kohlen waren eine Rarität, jeder musste ein Brikett am Tag mit in die Schule nehmen. Hier ging das alte Leben wie gehabt weiter.

Freitags hielt meine Mutter nachmittags ihr Kaffeekränzchen mit ihren Freundinnen ab. Dafür musste Baumkuchen besorgt werden. Den musste ich aus der Bahnhofstraße holen. „Aber ein bisschen dalli", so waren ihre Worte. Lange wusste ich nicht, wieso dieser Kuchen immer erst so kurz vor der Kaffeezeit geholt werden musste. Natürlich hatte meine Mutter kein Geld.

Sie musste sich das erst besorgen. Es wurde bei Frau Wolf geborgt oder meinem Stiefvater aus seinem Morgenmantel gestohlen. Dort bewahrte er sein Geld in Rollen auf.

Am Abend des gleichen Tages kamen dann die Freunde meiner Eltern und es musste eine Flasche eines Aperitifs herangeschafft werden. „Helen, du gehst zu Baumgarten und holst diesen Aperitif. Lass ihn anschreiben." Mir war das immer so peinlich.

Es kam die Zeit der Kommunion. Ich ging einmal in der Woche in die Wigberti-Gemeinde zum Kommunionsunterricht. Dazu musste ein Kleid und passendes Schuhwerk her. Ja, woher nehmen und nicht stehlen.

Es wurde der billigste Stoff im Konsum-Kaufhaus am Fischmarkt gekauft, die Schuhe musste Opa aus dem Westen schicken. Das Kleid hat meine Mutter selbst geschneidert. Es war dermaßen zipfelig, dass ich mich schämte damit in die Kirche zu gehen.

Einen Tag vor der Kommunion, es war Samstag, kamen endlich die schwarzen Lackschuhe vom Opa an. Am Sonntag wurde sich dann kirchfein gemacht und ab ging es zur Kirche. Meine Eltern hinter mir hörte ich erzählen: „Du katholischer Hippelbock ".

So nannte mich mein Stiefvater. Was er damit meinte, ist mir bis heute ein Rätsel. Von nun an sollten wir, d. h. mein Bruder und ich, jeden Sonntag zur Kirche gehen. Meinem Bruder wurde ständig vom Weihrauch schlecht, und so fiel er immer aus der Bank.

Man brachte ihn in die Sakristei und dort saß er bis zum Ende des Gottesdienstes. Irgendwann hatten wir die Faxen dicke. Wir beschlossen nicht mehr in die Kirche, sondern ins Palastkino in der Bahnhofstraße zu gehen.

Wie es so ist im Leben, bekamen meine Eltern dies natürlich raus. Erst wurde gelogen, dann mussten wir aber gestehen, denn man wollte wissen, was der Pfarrer in seiner Predigt gesagt hatte. Wir wussten es nicht. Also setzte es mal wieder Schläge und Stubenarrest.

In der Schule, in der ich war, waren zwei Mädchen, die auch katholisch waren, aber einer anderen Kirchengemeinde angehörten. So beschloss ich, mich ihnen anzuschließen und den Religionsunterricht in ihrer Gemeinde zu besuchen.

Als Katholik empfängt man auch die Firmung. Dazu gehört auch ein Firmpate. Bei meiner Firmung war nur der Pate dabei. Ich werde nie vergessen, wie ich abends um 17 Uhr zur Nachbarin gehen sollte um zu fragen, ob sie bei mir Firmpate sein könnte. Weil ich nun anfing zu weinen stimmte sie zu und ich hatte somit ein Problem weniger. Wieder dachte ich, um alles muss ich mich allein kümmern. Warum tut es meine Mutter nicht.

Meinen Backenstreich vom Bischof wollte ich haben. Einen Sinn sah ich darin nicht.

Zu Hause war aber mittlerweile für meine Mutter keine so gute Zeit. Mein Vater hatte mal wieder ein Verhältnis, die Nichte meiner Mutter. Sie war schön, jung und hatte an Kunst und Antiquitäten großes Interesse. Das hat meinem Stiefvater sehr gefallen. Meine Mutter hatte an seinem Hobby kein Gefallen gefunden und selber hatte sie auch keinerlei Interessen. Sie wusste nur, dass diese

Antiquitäten sehr teuer waren und sie dafür einen Großteil ihres Hausstandes verkaufen musste.

Ich kam in die Pubertät und hatte folglich meine Augen auf die männlichen Wesen gerichtet. Mein erster Freund hieß Wladimir. Von ihm bekam ich in unserem Hausflur meinen ersten Zungenkuss. Natürlich ist meiner Mutter das nicht verborgen geblieben und so bekam ich gleich Stubenarrest. Meine Klassenlehrerin, Fräulein von der Krone, musste mir jeden Tag abzeichnen, wann ich die Schule verlassen hatte. Zehn Minuten später musste ich zu Hause sein. Manchmal wollte ich aber mit Hannelore in die Goetheschule, dort war die Schulküche. Wenn es dann Makkaroni mit Tomatensoße gab, holte sich Hannelore einen Nachschlag, den durfte ich essen. Das war köstlich. Doch wie kam ich nun zu meiner Unterschrift? Es war so einfach. Fräulein von der Krone unterschrieb immer nur mit einem K. mein Name fing auch mit K. an, so dass ich wie selbstverständlich dieses K. fälschte. Meiner Lehrerin erzählte ich diese Geschichte 1996 und bat sie um Verzeihung. Sie konnte nicht fassen, so erzählte sie mir, dass Eltern die Unterschrift haben wollten, um zu wissen, wann das Kind die Schule verlässt.

Eines Tages, lernte ich auf einer Klassenfahrt einen Matrosen kennen. Wir tauschten unsere Adressen aus und er schenkte mir einen Anker.

Damit hatte ich mir allerdings mal wieder ein Problem eingebrockt. Zu Hause angekommen, musste ich mich nun mit meiner Cousine besprechen, wie ich dieses Problem lösen könnte. Sie schlug mir vor, die Post hauptpostlagernd schicken zu lassen. Da sie ja schon über 18 war, konnte sie die Post für mich dann abholen. Gesagt, getan. Ich holte sie dann öfter von ihrer Arbeit ab, um an der Post Halt zu machen und nachzufragen.

Ich wollte sie wieder von der Arbeit abholen und wartete an dem großen Tor des Werkes, in dem sie tätig war. Wer allerdings nicht kam, war meine Cousine. Ich war enttäuscht und machte mich wieder auf den Heimweg.

Ich musste durch einen Park. Wie ich so langsam durch den Park schlendere, sehe ich auf einer Parkbank meinen Stiefvater mit meiner Cousine, eng umschlungen und sich küssend sitzen. Ich dachte, ich traue meinen Augen nicht. Was wird wohl meine Mutter dazu sagen, das geht doch nicht, das ist doch Familie, so etwas kann er doch nicht machen. Außerdem ist er doch so alt. Er könnte ihr Vater sein.

Mir gingen so viele Gedanken durch den Kopf. Ich wusste nicht, ob ich es nun meiner Mutter erzählen sollte oder besser doch nicht. In meinem Kopf war alles so durcheinander. Ich konnte keinen klaren Gedanken mehr fassen. Hatte ich mich vielleicht verguckt? Doch in der nächsten Zeit bestätigte sich das, was ich gesehen hatte.

Bei uns im Hinterhaus lebten immer noch ehemalige Flüchtlinge, bei denen ich mich immer sehr wohl fühlte. Die Tochter war ab und zu unsere Kinderfrau. Also, so denke ich, werde ich mich doch mal beraten, was ich machen könnte. Wie ich so bei diesen Leuten in der Küche saß, ging bei uns die Balkontür zu.

Es war Sommer. Eine Gluthitze. Da wurde die Tür am Tage nie geschlossen. Dies kam mir schon etwas seltsam vor. Mir schoss es wie ein Blitz durch meinen Kopf, ich muss sofort nach Hause, hier stimmt etwas nicht.

Ich hatte richtig vermutet. Meine Mutter hatte den Gashahn aufgedreht. Es war wie ein Fingerzeig Gottes.

Ich kam zur rechten Zeit und konnte so verhindern, dass ich beinahe Vollwaise geworden wäre.

Ich merkte, wie meine Mutter nach einem Ausweg suchte, um diesem Dilemma ein Ende zu setzen. Sie spielte wieder mit dem Gedanken, nach den Westen zu gehen.

Da waren wir ja schon einmal gewesen. Immer diese Flucht vor irgendetwas. Das war furchtbar. Wenn man gerade wieder Fuß gefasst hatte, ging es wieder auf und davon. So stelle ich mir ein Zirkusleben vor. Sie ging in ihrem Leben immer den Weg des geringsten Widerstandes.

Wieder meine Freunde und meine gewohnte Umgebung verlassen. Ich glaube, sie hat nur an sich gedacht. Immer dieses Hin und Her. So was ist für Kinder nicht gerade entwicklungsfördernd.

Da meine Mutter immer am Ende eines Monats nach Westberlin gefahren ist, um die Rente meines Opas abzuholen, fuhr sie mit einem Freund der Familie nach Berlin. Ihm erzählte sie, was sich alles abgespielt hatte. Er bekniete sie, doch nun endlich in den Westen zu gehen: „Nimm das Geld, das du jetzt hast und besorge dir endlich die Flugtickets, um zu deinem Vater in den Westen zu gehen." Das Geld in den Händen, Herrn M. an der Seite, der ständig auf sie einredete, nun endlich und so weiter und so weiter. Siehe da, sie kaufte drei Tickets auf einen anderen Namen. Herr M. hatte es geschafft.

Viele Bekannte waren schon gar nicht mehr in Erfurt. Der Bekanntenkreis meiner Eltern wurde immer kleiner, es gingen ja Tausende täglich in den Westen. Ich denke mir heute, dass auch Herr M. vor hatte sich abzusetzen, allerdings hatte er ein Antiquitätengeschäft. Da war ein solcher Schritt nicht so einfach. Es musste erst alles organisiert werden.

So, nun merkte ich allerdings, dass irgendetwas nicht stimmte. Von meinen Sachen verschwanden immer mehr. Ich konnte mir das nicht erklären. Da muss ich meiner Mutter ein großes Lob aussprechen. Wir haben nichts gemerkt. Obwohl mir mein Gefühl sagte, dass hier etwas nicht stimmte - genaues wusste ich nicht - habe ich mit meiner Freundin darüber gesprochen und ihr von dem Plan, den ich vermutete, erzählt. Ich darf heute nicht daran denken. Ich hätte meine Mutter ins Gefängnis bringen können, wenn meine Freundin das angezeigt hätte. Man konnte ja damals immer noch zu Besuch in den Westen reisen.

Unter mysteriösen Umständen sind wir dann am 22. Oktober 1960 aus dem Haus in Erfurt gegangen.

Zuerst verließ mein Bruder das Haus über die hintere Treppe, die eigentlich früher von Boten genutzt wurde. 20 Minuten später sollte ich ebenfalls das Haus auf diese Weise verlassen. Insgeheim hoffte ich, dass wir in den Westen zu meinem Opa gehen würden. Da war alles besser, einfacher und freier. So waren damals schon meine Gedanken. Es gab Kaugummi, schöne Schokolade und so viele andere schöne Sachen. Von Coca-Cola ganz zu schweigen.

Ich stand vor meinem Stiefvater und wollte mich verabschieden. Ihm standen die Tränen in den Augen und er sagte: „Bleib du wenigstens bei mir." Ich schaute erst meinen Vater an und dann meine Mutter. Heute weiß ich nicht mehr, wie meine Mutter reagiert hat. Allerdings stand für mich jetzt fest: Es geht in Richtung Westen. Richtig zuordnen konnte ich jedoch nicht das Getrennteausdemhausgehen. Treffpunkt war der Nonnenrain in Erfurt. Hier wohnte Familie M. Der schnellste Weg wäre von uns aus über den Stadtpark gewesen, doch wir sollten jeder einen anderen Weg nehmen, der weitaus länger war.

Unser kindliches Gehirn konnte das Ausmaß eines eventuellen Entdecktwerdens nicht erfassen, zumal jedesmal nach den Ferien wieder ein paar Kinder nicht zum Unterricht erschienen. Später erfuhr man über ein paar Ecken, dass diese in den Westen geflohen waren.

Meine Mutter hat alles sehr gut ausgeklügelt, und wir haben uns alle drei bei Herrn M. getroffen. Es bedurfte schon sehr viel Mutes, mit zwei Kindern solch ein Vorhaben auszuführen, wo doch meine Mutter der weitaus schwächere Teil der Eltern war. Mein Stiefvater hat durch seine Intelligenz meiner Mutters einen Teil ihres Selbstwertgefühls genommen. Wie der Abschied der beiden ablief, weiß ich nicht. Doch es sollte noch zu einem zweiten Abschied kommen. Nun fuhr Herr M. mit seinem Auto, meiner Mutter und uns Kindern nach Berlin. Wir Kinder durften ja nicht wissen, dass es nun in den Westen ging. Irgendwo, weitab von Erfurt, kam dann von meinem Bruder der Satz: „Mami, hier geht es aber nach Berlin. Ich denke wir fahren nach Eisenach!" Mit dem Auto in Berlin Ost angekommen, haben wir uns bei Freunden niedergelassen. Diese Freunde waren Genossen der SED und gleichzeitig Museumsdirektor des Pergamonmuseums. Meiner Mutter wurde ein Abzeichen dieser Partei an das Revers gesteckt. Nun ging es mit einem Koffer, der mit Antiquitäten gefüllt war, per S-Bahn nach Westberlin. Ich war bereits im Besitz eines Personalausweises und musste mich deshalb von den breitschultrigen Kontrollbeamten kontrollieren lassen. Ohne irgendwelche Abmachungen oder Anweisungen saß ich nun in der S-Bahn. Ich hatte wahnsinnige Angst. Mein Glück war, dass sich ein Jugendlicher von außen an die Tür gehängt hatte. Dies lenkte mich ab und ich hatte andere Gedanken. Meine Mutter stand etwas abseits, irgendwo stand dieser Koffer und man tat so, als gehöre er nicht zu uns.

Auf dem Kurfürstendamm hatten wir dann einen Zwischenstopp, weil meine Mutter von den Antiquitäten, die mein Vater bei einer Spedition untergestellt hatte, ein paar Gegenstände holen wollte. Sie hatte tatsächlich den Mut und fuhr ein zweites Mal, nun ohne uns Kinder, zurück in den Osten, um das zu erledigen.

Es war ein Samstag, und wir blieben bei diesen Leuten am Kurfürstendamm. Am Sonntag kam, Gott sei Dank, meine Mutter mit den Antiquitäten zurück.

Diese sollten unser Ankunftsgeld im Westen sein. Verdenken kann ich es ihr heute nicht. Sie hat ja alle Sachen von ihrer Mitgift verkauft, damit mein Stiefvater sich dafür die ersten Antiquitäten kaufen konnte. Also war das noch nicht mal Diebstahl, sondern nur ein Zurückholen des Verlorengegangenen. Wir waren zwei Tage bei diesen Leuten am Kurfürstendamm, als mein Stiefvater kam, um uns zurückzuholen. Ich dachte, ich könne meinen Augen nicht trauen, als er über den Ku'damm schlich.

Mein Bruder und ich hatten jetzt Angst, dass wieder alles von vorn beginnen und meine Mutter wieder mit nach Erfurt gehen würde. Wir standen bei den Leuten im Wohnzimmer, und meine Mutter wusste wieder mal nicht, was tun.

Wie aus der Pistole geschossen sagten mein Bruder und ich: „Wenn du jetzt wieder mit zurückgehst, hauen wir hier in Westberlin ab."
Wir waren schon an der Wohnungstür, um rauszurennen, da kam der erlösende Satz: „Nein, wir fliegen heute zum Opa."
Mit den Tickets in der Tasche und einigen wertvollen Sachen im Gepäck, von denen mein Stiefvater nicht wusste, dass sie im Gepäck meiner Mutter waren, ging es nun in Richtung Flughafen. Mein Stiefvater fuhr zurück nach Erfurt, und wir flogen in Richtung Hannover.
Ich hatte große Angst, es könnte noch was passieren.
Ein Absturz oder eine Notlandung, und das dann im Osten, also in der DDR. Das wäre nicht auszudenken, so sagte meine Mutter noch zu uns. Ich saß im Flugzeug und sah vor mir eine Papiertüte. „Was soll das denn?" – „Ja, so" meinte meine Mutter, „wenn du dich übergeben musst, dann kannst du diese Tüte benutzen." Oh, war das aufregend. Hoffentlich waren wir bald am Ziel!

Wieder im Westen

In Hannover wurden wir dann von meinem Onkel Jochen und meiner Tante Kunigunde abgeholt, um sofort zu ihnen nach Hause zu fahren. Es war allerdings so, dass man in ein Flüchtlingslager musste. Dieses Lager war in Gießen.

Doch wir sind erst nach Bad Hersfeld gefahren, um die Antiquitäten dort abzulegen. Meine Mutter wollte nicht, dass diese Gegenstände mit in ein Flüchtlingslager müssen. Nach ein paar Tagen fuhr uns irgendjemand, ich weiß nicht mehr wer es war, von Bad Hersfeld nach Gießen in dieses Lager. Man wohnte nicht allein in einem Zimmer, sondern es waren wildfremde Menschen, die in einem Zimmer ihr Leben teilen mussten. Da war nichts mit Privatleben. In unserem Zimmer waren noch vier Personen.

Hier spielte ich mit einem Jungen jeden Tag Tischtennis, während meine Mutter bei Beamten des Lagers ihre Zeit verbrachte, um die Formalitäten zu erledigen. Es war ein hübscher Junge und so verging die Zeit sehr schnell.

Meine Mutter war die meiste Zeit nicht im Übergangslager. Heute weiß ich, dass Hinz und Kunz meine Mutter aufgesucht haben, um ihr die Antiquitäten zum Schleuderpreis abzuschwatzen. Sie hatte ja überhaupt keinen Sachverstand von Kunst, um zu wissen, was die einzelnen Sachen auf dem Markt wert waren. Dazu kam, dass in einer Spedition in Bad Hersfeld ebenfalls Antiquitäten (Bücher) gebunkert waren.

Eines Tages nahm sie mich mit zu einem Beamten, der in diesem Lager tätig war. In dem Zimmer roch es komisch, aber gut. Es war ein mir bekannter Geruch. Sofort merkte ich, hier bin ich bei den Amis. Ich weiß heute nicht, wie lange wir in diesem Lager bleiben mussten. Beiläufig bekam ich mit, dass wir, da wir nach Nordrhein-Westfalen wollten, noch nach Wesel in ein anderes Lager fahren sollten.

In Wesel war das Lager für die Menschen, die nach Nordrhein-Westfalen wollten, hier brachte uns mein Opa persönlich hin, weil er erreichen wollte, dass wir nicht in diesem Lager bleiben mussten. Er gab an, für uns zu sorgen. Das war schön so, meine Mutter erledigte den Papierkram und wir konnten mit meinem Opa nach Hause fahren. Nach Hause? Wo ist eigentlich mein Zuhause. Es hatte schon so viele „Zuhause" gegeben.

Opa hatte eine dritte Frau, die viel Geld und ein schönes Haus hatte. Es war auf dem Lande, zwischen Krefeld und Düsseldorf.

Sollte dies wirklich unser Zuhause werden? In diesem Haus, alle unter einem Dach? Mein Gefühl sagte mir, dass das nicht gut gehen konnte. Das Geld dieser dritten Frau meines Opas war ja sehr angenehm, aber zu meiner Mutter hat sich kein so guter Kontakt ergeben. Dieses schon viele Geld hat mein Opa noch vermehrt. Es wurde Ackerland zu Bauland erklärt und verkauft. Auf einem kleinen Stück sollte meine Mutter auch ein Häuschen bekommen. Meine Mutter, eine hübsche Frau in den besten Jahren, wollte auf keinem Fall auf dem Lande versauern.

Also lag es auf der Hand – es ging nach Düsseldorf.

Hier konnte sie auch nicht von meinem Opa kontrolliert werden, so sagte sie mir mal.

In Düsseldorf wohnten unsere Verwandten. Die Schwester meines Großvaters mit Mann und Kindern. Uns wurde von meinem Opa und seiner Frau eine schöne Wohnung eingerichtet. Es fehlte an nichts, außer einem Radio und einem Fernseher. Fernseher waren wir von Erfurt her sowieso nicht gewohnt. Mein Vater war der Meinung gewesen, er zerstöre nur das Familienleben. So ganz Unrecht hatte er damit gar nicht. Ich frage mich heute zwar, welches Familienleben er damit gemeint hat.

Wir wohnten also, wie gesagt, in dieser schönen Wohnung ohne Fernseher und Radio.

Es war ein trüber Tag im November, als meine Mutter mit uns beiden Kindern aus dem Fenster schaute. Genau gegenüber war ein Geschäft, in dem man Radios und Fernsehgeräte kaufen konnte.

Wie wir so auf die Straße schauten, fragte meine Mutter in die Stille des Raumes: „Wollen wir uns ein Radio kaufen?" Wie aus der Pistole geschossen, kam ein lautes „ Ja!"
So schnell waren wir noch nie angezogen. Wir gingen alle drei in dieses Geschäft und suchten gemeinsam ein gutes Radio aus. Es war das erste Mal, dass uns unsere Mutter an etwas teilhaben ließ, was für die Familie wichtig war.
Und das Radio war für mich sogar lebenswichtig. Endlich konnte ich wieder meine Hitparade von Radio Luxemburg hören.
Ich wusste schon nicht mehr, welcher Sänger mit welchem Lied an erster Stelle stand. Jetzt wurde das Leben mit meiner Mutter schön. Manchmal blieben wir beide den ganzen Sonntag im Bett und hörten Musik. Ich genoss das alles. Ab und zu fand sogar ein Kinobesuch statt.
Das Geld, das meine Mutter aus dem Verkauf der mitgebrachten Antiquitäten hatte, wurde allerdings auch gleich in einem Persianermantel angelegt. Diesen kaufte sie auf Raten. Heute werde ich das Gefühl nicht los, dass sie das Radio lieber nicht hätte holen sollen. Aber nun war es da.
Ich fing eine kaufmännische Lehre an. In der privaten kaufmännischen Schule Dr. Jungkbäcker lernte ich Stenographie und Maschine schreiben. Mein erster Arbeitstag war der 1. Dezember 1960.
Das Lehrlingsgehalt waren 55 Mark und 6 Mark Fahrgeld. 50 Mark sollte ich als Kostgeld abgeben.
Ich fand das normal, war aber trotzdem wütend auf meine Mutter. Ich lief in einem abgetragenen, auf Taille geschneiderten, total unmodernem Mantel meiner lieben Cousine Anneliese herum, während meine Mutter in einem Persianermantel durch die Stadt lief. Auf einem Wühltisch bei Woolworth erstand ich einen dünnen Nylonmantel, der eigentlich ein Sommermantel war. Dieser Winter war sehr streng, aber meinen dünnen Mantel habe ich ganz stolz getragen. Das Geld für den Sommermantel hatte ich vom Weihnachtsgeld, welches ich schon im Dezember bekam. Doch wie

sollte ich nun meiner Mutter sagen, dass ich mir einen Mantel gekauft hatte?

Ich hatte Angst, ihr das zu erzählen. Also ging ich mit jenem abgetragenen Mantel aus dem Haus und zog mich in einem anderen Hauseingang um. In meinem großen Korb verstaute ich jeweils den, den ich nicht trug.

Auf diese kaufmännische Lehre hatte ich keine Lust. Eigentlich wollte ich Krankenschwester werden. Aber man durfte nicht sagen, was man gerne werden wollte, sondern man musste einfach machen, was man gesagt bekam. Ich wäre nie auf die Idee gekommen, meine eigene Meinung zu äußern. Man hatte zu gehorchen. Jedenfalls in dieser Familie, die doch keine war.

Ich dachte es sei normal, zu machen, was einem gesagt wurde. Es war nicht normal, dass weiß ich heute.

Die Entscheidung ins Kaufmännische zu gehen, kam bestimmt nicht von meiner Mutter.

Diese Entscheidung traf mein Opa.

Meine Mutter hat dann mehr oder weniger von dem geschenkten Geld ihres Vaters gelebt. Die Frau meines Opas hat sich das aber nicht lange angesehen und hat verlangt, das meine Mutter sich doch arbeitsmäßig bald mal nach etwas umsieht. Aber was kann man arbeiten, wenn man doch nichts gelernt hat? Meine Mutter war ein Bild von einer Frau, ihre Schönheit war makellos, und sie war jung. Leben wollte sie. Jetzt war sie allein für alles verantwortlich, für sich und ihre beiden Kinder. Mein Bruder, ein schwieriger Junge, und ich im pubertären Alter.

Es war nicht einfach. Ich hatte mittlerweile meinen eigenen Willen. Alles wurde von mir in Frage gestellt. Warum durfte ich dies nicht und warum machte meine Mutter Sachen, die ich nicht durfte. Ich gehe doch einer Arbeit nach und bin somit auch erwachsen. Warum ist das so. Ich verstand die Welt nicht mehr. Um 18 Uhr daheim sein, mit 15 Jahren.

Meine Freundinnen, die ich in der Berufsschule kennen gelernt hatte, durften abends in die Spätvorstellung gehen und bis 20 Uhr draußen bleiben. Ich nicht. Dadurch, dass sie mich unehelich bekommen hatte, hatte sie bestimmt die Angst, es könne mir ebenfalls so ergehen. Trotzdem wäre ein bisschen Vertrauen schön gewesen.

Unsere Verwandten, die in der gleichen Wohnung lebten wie wir, hatten sich selbstständig gemacht. Sie hatten Unterhaltungsgeräte in Gaststätten. Davon lebten sie, und das nicht schlecht. Man machte meiner Mutter den Vorschlag, sich doch in dieser Branche auch ein Standbein aufzubauen. Sie stellten ihr einen jungen Mann vor, der ihr nun die Feinheiten dieses Geschäftes beibringen sollte. Doch meine Mutter und dieser Herr haben sich bald verliebt, und so wurden sie ein Paar. Der Herr zog bei uns in die Wohnung. Ich musste mein Bett räumen und er schlief darin. Ich fand das mies. Ab und zu merkte ich, dass beide tagsüber in diesem Schlafzimmer waren und spielten ihre Spielchen. Ich war enttäuscht von meiner Mutter.

Es war für mich unfassbar, dass eine Frau in diesem Alter noch mit einem Mann ihren Spaß hatte. „Welch ein Ferkel", dachte ich. Sie war ja 34 Jahre, in diesem Alter macht man das doch nicht mehr. Lachen musste ich darüber, als ich 34 Jahre wurde.

Dieser Mann hieß zu allem Übel auch noch König. Er war ein sehr fleißiger Mann. Er war sehr ausgeglichen, und eigentlich wäre er ein guter Vater gewesen. Aber er hatte uns ja unsere Mutter weggenommen.

Nun versuchte er, ihr alles beizubringen, was für diese Branche nötig war, um das große Geld zu machen.

Er selbst hatte sehr viele Geldspielgeräte, verstreut liegend bis zur holländischen und belgischen Grenze. Ich hatte das Gefühl, dass sie nichts von der Branche lernen wollte.

Ihr ging es einzig und allein darum, wieder einen Mann zu haben, der vielleicht wieder für sie sorgte.

Meine Mutter fuhr immer mit Herrn König mit, wenn er in seinem Geschäft die Geräte abkassieren musste oder Reparaturen vornahm.

Diese geschäftlichen Fahrten wurden immer gemeinsam durchgeführt, so dass meine Mutter mal mehr, mal weniger Zeit für uns hatte. Eher weniger. Bald war es so, dass mein Bruder sein Leben führte und ich mir auch einen Zeitvertreib suchte.

Es war oft so, dass, wenn ich von meiner Arbeit nach Hause kam, nichts zu Essen fertig war, dazu kam noch, dass der Kühlschrank immer abgeschlossen war. Nicht nur der Kühlschrank, sondern auch unser Telefon. Man konnte nur die Eins wählen. Wenn also mit mir oder meinem Bruder in der Wohnung etwas passiert wäre, so hätten wir noch nicht einmal Hilfe holen können.

Am 16.. November 1961 lernte ich dann einen jungen Mann kennen, der sieben Jahre älter war als ich.

Ich verliebte mich in diesen jungen Mann.

Wenn junge Mädchen verliebt sind, bleibt das einer Mutter nicht verborgen, und so war es auch. Dazu kam noch, dass mein Bruder, diese Petze, nichts für sich behalten konnte. Wenn ich nicht nach seiner Pfeife tanzte – den Mülleimer runter trug, wenn er dran war – wurde ich eben erpresst mit den Worten: „Wenn du das nicht machst, sag ich der Mami, dass du einen blöden Freund hast".

Mir blieb nichts anderes übrig. Entweder ich tat es oder er sagte meiner Mutter das ich einen Freund hätte. Irgendwann wollte ich aber nicht mehr nach seiner Pfeife tanzen, und so kam es dann, dass mein Bruder meiner Mutter alles erzählte.

Sie war wie vom Donner gerührt, wollte sofort wissen wer er sei, was er beruflich tue und wie alt er sei. Die Frage, ob ich mit ihm schon was gehabt hätte, wurde selbstverständlich auch gestellt.

Natürlich wollte sie ihn auch kennen lernen. Bis dahin fand ich ja alles noch gut, doch nachdem sie ihn gesehen hatte, verlief alles so, wie ich es eben nicht haben wollte. Ich sollte sofort von ihm ablassen, ohne eine Begründung. Das sah ich allerdings nicht ein und so traf ich mich heimlich mit ihm.

Doch eines Tages wurde ich von ihm geschlagen. Das fand ich nicht so toll und deswegen habe ich mich von ihm getrennt.

In einer Milchbar bei uns um die Ecke lernte ich einen anderen
netten Mann kennen. Kurt, er war auch sieben Jahre älter, aber hatte
einen höheren geistigen Stand.

Ihm erzählte ich, dass ich 17 Jahre sei und gab ihm unsere
Telefonnummer. Eines Tages rief er auch bei uns an. Meine Mutter
war am Apparat. Als er nach mir verlangte, wurde sie laut. Was er
sich denke und was er von mir wolle und überhaupt, ob er wüsste,
dass ich erst 15 Jahre sei. Sie knallte mit den Worten: „Er möge mich
in Ruhe lassen," den Hörer auf die Gabel. Kurt hatte Anstand und
Benehmen und ließ natürlich nicht locker.

Er rief sofort nochmals an, um sich zu entschuldigen, und so kamen
beide ins Gespräch.

Ich musste den Raum verlassen und wurde angewiesen, mich doch
anzuziehen um auszugehen. Ich freute mich. Endlich!

Doch, was sahen meine Augen, meine Mutter zog sich ebenfalls
schick an und kam mit. Wir begaben uns in die Altstadt von
Düsseldorf, um uns alle drei zu unterhalten, so dachte ich. Meine
Mutter zog es aber vor, mit ihm zu tanzen.

Ich fühlte mich so klein und mies. Was hatte sie nur vor. Ich wusste
es nicht. Jeden Montag, wenn der liebe Herr König zu seinen
Kegelabenden ging, fuhren Kurt, meine Mutter und ich in diese Bar.
Irgendwann wollte ich zu Kurt nach Hause. Ich lief von meiner
Arbeit zu ihm. Sein Auto stand vor der Tür. Ich freute mich schon
und so klingelte ich. Es machte ein WG- Bewohner auf. Als ich in
der Wohnung war, hörte ich die Stimme von meiner Mutter im
Zimmer vom lieben Kurt. Ich ging und wollte nichts mehr mit ihm
zu tun haben. Wieder war ich in der Milchbar bei uns um die Ecke.
Ich traf jenen Jungen, den ich vor Kurt hatte und fing entgegen des
Verbotes meiner Mutter wieder ein Verhältnis mit ihm an. Es blieb
meiner Mutter nicht lange verborgen. Wieder ihre Frage, ob ich mit
ihm schon geschlafen hätte usw. Ich wollte meine Ruhe haben und
sagte natürlich Ja. Es stimmte aber nicht. Sie stand am Herd und
wollte Schmorwürste braten.

Auf mein „Ja" nahm sie die heiße Pfanne und haute mir mit dem Boden derselben ins Gesicht. Wo ich Schwein das denn gemacht hätte, doch wohl nicht auf der Straße?

Sie merkte, dass ich von jenem Jungen nicht mehr ablassen wollte. Da stand für sie fest, dass sie handeln musste.

Der erste Weg war zu einem Frauenarzt, um feststellen zu lassen, ob ich noch unberührt war. Ich war es.

Sie musste 15 Mark bezahlen und somit stieg ihre Wut bis ins Unendliche.

Sie ging sofort zum Jugendamt und sorgte dafür, dass ich in ein Heim für aufgegriffene und schwererziehbare Mädchen kam. Es war ein Übergangsheim, in dem überwiegend Mädchen aus dem Rotlichtmilieu waren.

Hier wurde ich das erste Mal mit der Realität des tatsächlichen Lebens konfrontiert. In diesem Heim war eine Frau, die mich für eine Zigarette auf der Toilette verführen wollte. Ich hatte natürlich große Angst.

So machte ich doch gerade das Erkunden des männlichen Geschlechts durch, nun wollte auch noch eine Frau von mir, dass was sonst Jungen von Mädchen wollen.

Wie das wohl gehen sollte, war mir unklar. Ich hatte auch überhaupt kein Interesse, das festzustellen. Es kam für mich nicht in Frage, es war für mich undenkbar.

Ich war in diesem Heim, weg von Zuhause, obwohl dieses Heim zirka fünf Minuten von unserer Wohnung entfernt lag. Besuch bekam ich nicht weder von meinem Opa noch von meiner Mutter. Im Gegenteil, mein Hinter-verschlossenen-Türen-leben war meiner Mutter wahrscheinlich recht. Nun hatte sie Zeit für ihr Leben mit diesem Herrn König. Nach geraumer Zeit war für mich das Leben unerträglich. Ich wollte wieder in Freiheit leben wie jeder normale Mensch, der nichts verbrochen hat.

Ich hatte ja nichts verbrochen. Ich hatte meine Lehrstelle und einen Jungen kennen gelernt. Heute frage ich mich, was daran so schlimm war. Ich wurde immer trauriger und überlegte, was ich machen müsste um wieder rauszukommen. Eines Tages fiel mir dann ein, dass ich meine Mutter anrufen und ihr sagen könnte, dass ich, wenn ich hier nicht rausgeholt würde, aus dem Fenster springen oder mich anders umbringen würde. Und siehe da, sie dachte sich eine andere kleine Schweinerei aus. Ich wurde aus dieser Hölle rausgeholt und in ein Kloster gebracht.

Damals sagte man mir, es sei ein Internat und koste viel Geld. Erst im Jahr 2002 habe ich von einem Pastor in Düsseldorf erfahren, dass es ein Heim für schwer erziehbare Mädchen war. Ich war geschockt.

Selbst als erwachsene Frau hat mir meine Mutter zu verstehen gegeben, das dieses Kloster nur für Mädchen aus gutem Hause war. Ich kam von einem Extrem ins andere. Aber in diesen Kloster war eins schön. Ich lernte das Lügen erst richtig. Was ich eigentlich schon zu Hause getan hatte, aus Angst vor Schlägen. Nur hier waren meine Lügen anderer Art. Hier ging es nicht mehr um das Schlecken von Puddingtellern, um die abgeschnittene Scheibe Wurst, die ich nicht hätte essen dürfen, sondern hier ging es um einen Mann in den ich verliebt war.

Wenn ich nach Hause wollte, sagte ich im Kloster Bescheid. Aber nach Hause ging ich nicht. Ich traf mich mit meinem Freund und übernachtete auch bei ihm.

Meine Mutter glaubte, ich sei im Kloster. Für mich war das ähnlich eines Gefängnisses. Ich wollte auch da wieder raus und deshalb versuchte ich es erneut mit dem „Umbringen." Und siehe da, es klappte wieder. Allerdings musste ich meiner Mutter versprechen, mich mit jenem Jungen nicht mehr zu treffen. Das habe ich dann auch getan.

Ich war wieder in Freiheit. Es war schön. Man besorgte mir einen Job in einem Lebensmittelgeschäft. Geld habe ich da nie gesehen. Heute weiß ich, dass meine Mutter das Geld für sich verbraucht hat. Ich musste für meine Kontenklärung im Jahre 1996 auch diese Arbeitsstelle angeben, und deswegen fragte ich bei meiner Mutter nach dem Namen dieses Geschäftes.

Da kam es dann raus, dass ich ohne Steuerkarte gearbeitet hatte. Auch dieses Geld hatte sie für sich verbraucht. Gott im Himmel man kann nicht glauben, zu was eine Mutter fähig ist.

Das Verspechen, meinen Freund nicht mehr zu sehen, konnte ich nicht einhalten. Am 27. Mai 1962, hatte ich meinen ersten sexuellen Kontakt mit meinem Freund, es hat gereicht, um schwanger zu werden.

Als meine Mutter merkte, dass ich nicht mehr so war wie immer, wollte sie wissen, ob ich schon mit einem Jungen geschlafen hätte. Wieder sagte ich „ Ja."

Diesmal war es die Wahrheit. Als sie dann auch noch von mir hörte, mit wem, war die Hölle los. Sie verklagte ihn sofort wegen Verführung Minderjähriger. Nun wurde es für meine Familie problematisch. Streng katholisch, nicht verheiratet und schwanger. So! Es wurde beschlossen, meinem Wunsch Statt zu geben und mir die Einwilligung zur Hochzeit zu geben.

Am 14. August 1962 habe ich dann meinen Freund geheiratet. Die Hochzeit war das Grauenvollste, was man sich denken kann. Als Festmahl gab es Kartoffelsalat und Bockwurst, zum Kaffee gab es für jeden ein Stück Kuchen und Abendbrot gab es keines. Stattdessen fragte mich meine Mutter, wo wir denn wohnen würden? Bei ihr bleiben, das ginge nicht.

Wir hatten noch keine Bleibe, keine Möbel nichts, und da fragt sie mich schon, wo wir denn wohnen wollten.

Ich zuckte mit den Schultern und wusste keine Antwort.

Ja, also hier kannst du oder ihr nicht bleiben, ihr müsst jetzt gehen, ich muss mit Herrn König noch weg. Wir wurden dann mit meiner großen Kiste, in der sich meine Aussteuer befand, von meinem Opa und seiner Frau, in die Kalkumerstraße gefahren, wo meine Schwiegermutter in einer Baracke wohnte. Diese Wohnung bestand aus einem Zimmer zu ebener Erde. Die Toilette befand sich draußen. Man musste sie sich mit mehreren Italienern teilen. Zu allem Übel wurde ich hier noch von einem Italiener belästigt. Er wollte mich zwingen mit ihm zu schlafen.

Wasser holte man mit einem Eimer von einer auf dem Hof befindlichen Wasserpumpe. Mein nun mir angetrauter Ehemann ging einer geregelten Arbeit nach, und ich bemühte mich um eine Wohnung. Allerdings war ich ja schwanger, und die Kaution hatten wir auch nicht.

Es war ein schwieriges Unterfangen und eigentlich aussichtslos. Ich war zu unerfahren. Hilfe konnte ich auch nicht von meiner Familie erwarten. Vielleicht wollte ich sie auch nicht um Hilfe bitten. Ich weiß es heute nicht mehr. Mein Mann hatte auch noch schlechten Umgang. Er wurde straffällig, aber ins Gefängnis wollte er nicht. Nach reiflicher Überlegung machte er mir den Vorschlag, wir sollten zu seinem Bruder in die DDR gehen. Uns blieb nichts anderes übrig.

Wieder im Osten

Und nun kommt das Kuriosum. Am 22. Oktober 1962 ging ich, schwanger, mit Mann zurück in die DDR, aus der ich ja zwei Jahre vorher erst gekommen war, ebenfalls am 22. Oktober. Wir fuhren mit dem Zug bis Helmstedt und machten uns per pedes auf den Weg über die grüne Grenze. Mit total zerfetzten Sachen und kaputten Schuhen kamen wir in Marienborn an. Wir wurden von der Grenzpolizei in Empfang genommen und mehrmals verhört. Da ich ja Maschine schreiben gelernt hatte, musste ich einen Bericht über die Firma, in der mein Ehemann gearbeitet hatte, niederschreiben. Wie man in das Werk rein kommt und so weiter. Nach einer gewissen Zeit, die wir in dem Aufnahmelager waren, mussten wir eine Zeit in Quarantäne verbringen. Dies war so, bevor man aus diesem Aufnahmelager entlassen werden konnte.

Hier kam ich mir vor, als käme ich aus der dritten Welt, wo noch Cholera und andere schlimme Krankheiten kursieren. Aber diese Zeit verging auch, und wir wurden entlassen. Die Reise ging nach Wolmirstedt, wo der Bruder meines Ehemannes wohnte.

In Wolmirstedt angekommen, war das erste, was mir in Erinnerung geblieben ist und ich dachte, „Auf was hast du dich hier eigentlich eingelassen", dass ich uns beim Fleischer anmelden musste, um seine Monatsration an Wurst und Fleisch in diesem Geschäft zu kaufen. Hier musste ich meinen Namen nennen.

Nun sah sich jeder, im Laden befindliche Mensch verpflichtet, mich über diese Familie, der auch ich nun angehörte, aufzuklären. Im Übrigen dachte man wahrscheinlich, ich käme aus dem gleichen Milieu. So nach dem Motto

„Gleich und Gleich gesellt sich gern."

Heute möchte ich sagen, die Familie bestand nur aus Schlägern und Verbrechern. Für mich fing jetzt ein Leben an, welches ich einer Hölle gleich setzen möchte.

Ich bekam täglich Schläge und andere Demütigungen. Geld war
auch nicht da. Das bisschen Geld, das da war, trug er mit seinem
Bruder in die Gaststätte. Zu dieser Zeit gab es noch Fett- und
Buttermarken. Ich brauchte aber keine Butter, mir reichte
Margarine, sondern Geld. Meine Nachbarin hatte Geld und ich die
Buttermarken. Also gab sie mir das Geld und bekam dafür die
Buttermarken. Sie hatte einen Sohn und für ihn brauchte sie die
Butter. Mir hätte sie in meinem Zustand auch gut getan.
Dieses Leben konnte ich nicht mehr aushalten, sah aber keinen
Ausweg..
Am 25. Februar 1963 wurde mein Kind, ein Junge, geboren. Es war
Rosenmontag und mein Mann war total betrunken. Ich kam nach
zehn Tagen Krankenhausaufenthalt wieder nach Hause. Um meinen
Sohn durfte ich mich nicht kümmern, dies tat die Frau seines
Bruders. Ich musste fragen, ob ich meinen Sohn mal spazieren
fahren darf. Es war nicht mehr zum Aushalten. Ich hatte alles so
satt.
Eines Tages, es gab wieder Krach, nahm ich ein Messer aus der
Schublade und schnitt mir die Pulsadern auf. Auf dem Weg zum
Kinderbett, ich wollte meinem Sohn auch die Pulsadern
aufschneiden, ging die Tür auf und herein kam mein Mann. Ich
bekam eine höllische Ohrfeige. Sie ließ mich wieder klar denken.
Heute weiß ich, dass dies richtig war.
Ich hätte unendliche Schuld auf mich geladen.
Er nahm mir das Messer aus der Hand und schrie, man möge den
Arzt holen. Dieser Arzt war unser Hausarzt.
Das war mein Glück. Er sprach mit mir ganz klar, dass ich eigentlich
in eine Irrenanstalt gehöre, und wenn ich das noch einmal täte,
würde er auch dafür sorgen, dass ich dorthin käme. Im übrigen hätte
ich verkehrt geschnitten, so etwas macht man in Längsrichtung.
Ich möge doch endlich mein Leben in die eigenen Hände nehmen
und zusehen, dass ich hier rauskomme. Ich wurde dann ärztlich
versorgt und das Leben ging weiter wie gehabt. Die Demütigungen
und Schläge hörten nicht auf.

Ich fing langsam an, über mein Leben nachzudenken und kam zu dem Entschluss, dass alles vielleicht an dem engen Zusammenleben unserer beider Familien liegen könnte.

Vielleicht sollte ich zum Wohnungsamt gehen und eine Wohnung beantragen. Wir bekamen in einem kleinen Ort bei Wolmirstedt eine schöne Wohnung. Sie befand sich im Haus des ABV (Abschnittsbevollmächtigten). Das war ein Polizist, der für einen bestimmten Abschnitt in einem Ort oder Wohngebiet zuständig war. An und für sich war das eine gute Sache, so hatte man immer einen Ansprechpartner für kleinere Sachen, die man vielleicht mit ihm klären konnte.

Außerdem wurden wir mit einem kleinen Kredit ausgestattet, um uns das Nötigste kaufen zu können. Mit Hilfe einiger Leute aus der Verwandtschaft und dieses Kredites konnten wir uns die Wohnung schön herrichten. Es sollte nicht lange gut gehen.

Am 6. Mai 1963 musste mein Mann ins Gefängnis.

Er wurde zu sechs Monaten Haft verurteilt. Es ging um Diebstahl. So wie es auch im Westen war. Jetzt konnte er nicht wieder fliehen. Hier musste er nun ins Gefängnis.

Es war für mich so sinnlos. Fliehen, damit er nicht in Haft brauchte, und nun das. Was hatte er gestohlen? Ich weiß nur, dass man im Haus bei seinem Bruder eine Hausdurchsuchung durchführte und einen Motor fand. Dieser befand sich im Außen-WC. Zu gut deutsch: Plumps-Klo. Wer holte diesen Motor da nun wieder raus? Jeder darf dreimal raten. Das natürlich war ich. Ihn zur Polizei zu fahren, mit einem Schlitten, es war Winter und Schnee lag auch, das durfte ich auch gleich noch erledigen. Ich habe mich so sehr geschämt. Jeder im Ort wusste doch vom Nachbarn, was der tut. Es war erniedrigend.

Ich habe mir dann eine Arbeit gesucht und auch gefunden. In einer Lederfabrik fing ich an, im Schichtsystem zu arbeiten. Meinen Sohn brachte ich in eine Wochenkrippe. Montags fuhr ich morgens nach Wolmirstedt, d. h. zu Fuß mit Kinderwagen ca. 5 km , und freitags, wenn ich meine Frühschicht beendet hatte, wieder zurück. Wenn ich

Spätschicht hatte, habe ich ihn Samstagmittag abgeholt. Nun hatte ich für meinen Sohn und mich die alleinige Verantwortung. 17 Jahre, selbst noch ein Kind, ich möchte sagen, ich war der Aufgabe nicht gewachsen. Mein Kleiner wurde sehr krank. Sein Bauch war wie aufgedunsen und er hatte ständig Durchfall. Ich ging zum Arzt und man stellte fest, dass es die englische Krankheit sei. Es war ja kein Wunder. Jeden, den ich in dem Dorf auf der Straße traf, gab mir Ratschläge mit den Speisen für meinen Sohn. Alles habe ich dann ausprobiert. So ein Baby verträgt das eben nicht. Und das Resultat war dann diese Krankheit.

In dieser Phase des Alleinseins hat dann der Bruder meines Mannes immer versucht, mir irgendwelche unschönen Dinge nachzusagen, um in den Besitz meines Sohnes zu kommen.

Es wurde Sommer und es war ein herrlicher Sommer.

Am Rande des kleinen Dorfes war ein wunderschöner See. Die Jugendlichen vom Dorf trafen sich abends immer da. Ich hatte sehr schnell Kontakt zur Jugend und habe mich oft an den Feiern am Lagerfeuer beteiligt.

Wir waren eine gute Truppe und hatten sehr viel Spaß.

Am Wochenende habe ich meinen Sohn mit an diesen See genommen. Es waren Zelte aufgestellt, in denen wir geschlafen haben. Wir Mädchen haben gekocht und im Zelt Ordnung gehalten.

Bei einer dieser Feiern lernte ich einen Jungen kennen. Sein Vater war der Bürgermeister des kleinen Dorfes in dem ich wohnte.

Detlef, so war sein Name, war ein netter und liebevoller junger Mann von 18 Jahren. Wir haben uns verliebt. Seine Eltern haben sehr bald davon Wind bekommen, waren natürlich überhaupt nicht erbaut davon, dass der Sohn ein Verhältnis mit einer verheirateten Frau hat, die auch noch ein Kind hat. Ob das der einzige Grund war, glaube ich noch nicht einmal.

Ich denke, dass meine Ehe mit jenem Mann, der ständig Straftaten beging, auch ein Grund war. Was natürlich nicht sein durfte, als Sohn eines Bürgermeisters mit Menschen zu tun zu haben, die aus dem Westen kamen. So trafen wir uns heimlich.

Ich weiß nicht, was es genau war, weshalb sie nicht wollten das wir uns mochten und liebten. Der Herr Papa hat dann dafür Sorge getragen, dass der Sohnematz sofort eingezogen wurde zur Nationalen Volksarmee. Wir schrieben uns jedoch weiter. Wenn er Heimaturlaub hatte, haben wir uns heimlich bei mir in der Wohnung getroffen.

Dann kam der 5. September, und dies war der Entlassungstag meines Mannes. Er kam aus dem Gefängnis. Wie es in so einem kleinen Ort von 450 Einwohnern ist, hatte sich mein Verhältnis sehr schnell rum gesprochen. Auch mein Ehemann erfuhr es und hat dementsprechend reagiert. Er trommelte seine zwielichtigen Freunde zusammen und versuchte Detlef in der Dorfgaststätte zusammenzuschlagen. Doch mein Mann hatte vergessen, dass er sehr unbeliebt war und die in der Gaststätte befindlichen anderen Gäste auf der Seite von Detlef waren. Der Schuss ging also nach hinten los, allerdings nicht für mich. Mein altes Leben mit all den Schlägen und anderen Demütigungen ging weiter, um nicht zu sagen, sie wurden noch schlimmer. Nun hatte ich ja meine große Liebe in Detlef gefunden und wollte folglich mit meinem Mann keinen Sex mehr haben.

Das hat er aber nicht verstanden. Also wurde ich vor den Augen meines Sohnes, der sich stehend in seinem Bettchen befand, an unseren Ehebetten festgebunden und mehrfach vergewaltigt.

Ich schrie wie am Spieß, mein Sohn schrie ebenfalls, all das hat ihn aber nicht davon abgehalten.

An irgendeinem Tag, als ich wieder vergewaltigt wurde, erlitt ich einen Nervenzusammenbruch und rannte nackt aus der Wohnung zu dem Polizisten, der mit in dem Haus wohnte. Seine Worte waren, nachdem ich ihm sagte, dass ich vergewaltigt wurde: „Dann musst du beim Ficken mitmachen, dann tut es dir auch nicht weh."

Ich war geschockt. Darüber hat man sich auch noch im Ort lustig gemacht, denn der Polizist hat natürlich seinen Freunden und Bekannten am Stammtisch alles erzählt.

Ich erinnere mich allerdings an ein Weihnachten, als jener Polizist mit seiner Frau einen Streit hatte, bei dem er den Weihnachtsbaum auf der Erde kaputt trampelte.

Ihr war dies so peinlich, dass sie mich bat, nicht in der Öffentlichkeit darüber zu reden. Ich sagte natürlich auch niemandem etwas. Schon aus Angst, weil ja dieser Herr Polizist war. Wer glaubte mir denn schon?

Manchmal sah ich keinen Sinn mehr im Leben. Es war alles so aussichtslos. Kein Geld, kein Essen, dieses Schlagen und diese Demütigungen. Was war er nur für ein Mensch!

Ich hasste ihn.

Er kaufte sich ein großes Paket Kuchen, ich musste den Kuchen vom Bäcker holen, er hat ihn allein gegessen.

Mein Sohn schaute mit seinen großen Augen zu, wie sein Vater den Kuchen aß, doch er bekam nichts davon. Ich hatte eine liebe Bekannte im Ort gefunden, die mir ab und zu mal etwas zu essen gab.

Wenn mein Mann mal früher von seiner Arbeit nach Hause kam und ich nicht zu Hause war, suchte er mich bei diesen Leuten. Ich hatte Haare bis zur Taille, an diesen wurde ich dann durch den Schnee auf der Straße gezogen, bis zur Wohnung.

Der Polizist sah zu und unternahm nichts.

Diese ganzen Vorfälle wurden beim Jugendamt gemeldet, und man nahm mir meinen Sohn.

Bei meinem Fußmarsch täglich zur Arbeit und nach Hause, wurde ich ständig von den Zwielichtigen Freunden meines Mannes und seiner Verwandtschaft verfolgt, verprügelt und zum Schluss in den Straßengraben geworfen. Einmal hat er mich so zusammengeschlagen, dass ich bewusstlos im Straßengraben liegen blieb. Auf mich warf er das Fahrrad. Gefunden hat mich ein Autofahrer, der dachte, ich sei angefahren worden.

Nach einem zehntägigen Krankenhausaufenthalt fasste ich dann den Entschluss, endlich eine Arbeit zu suchen, die weitab vom Schuss

lag. Ich fand in einem Ort bei Magdeburg in einem Büro eine Stelle.
Auch ein möbliertes Zimmer wurde mir zur Verfügung gestellt.
Nun musste ich als nächstes mein Kind wieder bekommen. Ich
bekam ihn auch wieder. Aber Ruhe vor meinem Mann bekam ich
nicht. Wo immer er mich erwischen konnte, schlug er mich
zusammen. Ich landete jedes Mal im Krankenhaus.
Eines Tages, es war ein schöner Sommertag, ich hatte kein Geld, das
hatte er mir mal wieder abgenommen, ging ich in Wolmirstedt in
eine Eisdiele. Dort wollte ich das Fläschchen für meinen Sohn warm
machen, da geriet ich an die Frau, die diese Eisdiele leitete. Als sie
das Fläschchen sah, war sie erschüttert.
Es war verdünnte Milch mit etwas Reismehl. Es sah Ekel erregend
aus. Ich erzählte ihr, dass ich kein Geld hätte, und dass ich einen
Mann hätte, der mir kein Geld gäbe.
Sie war erschüttert darüber, was ich mit meinen jungen Jahren schon
alles erlebt hatte. Sie war genauso alt wie meine Mutter auch
Jahrgang 1927. Sie nahm mich in ihrem Haus auf, und ich fing an in
dieser Eisdiele mitzuarbeiten.
Er hatte Hausverbot und durfte nicht in diese Eisdiele. Damit er
mich nicht auf dem Weg nach Hause zusammenschlagen konnte,
wurde ich von Freunden der Frau mit dem Auto oder Motorrad
immer zu ihr nach Hause gefahren.
Nun sah er seine Felle wegschwimmen. Straffällig wurde er auch
wieder und es lief auch ein Verfahren wegen schwerer
Körperverletzung an mir. Das alles hat ihn dazu bewogen die DDR
wieder in Richtung Westen zu verlassen. Aber das war zu dieser Zeit
ein schwieriges Unterfangen und sehr gefährlich. Eines Tages
erschien er doch in der Eisdiele und wollte mir die Schlüssel unserer
gemeinsamen Wohnung übergeben. Ich fragte noch nach: „Wieso?"
Er sagte mir, er würde wieder zurück in den Westen gehen, und
wenn ich mitwolle, müsse ich nach Hause kommen. Ich habe ihm
das alles nicht geglaubt. In den Westen gehen, wie sollte das
funktionieren. Jeder wusste, dass man auf Flüchtlinge schießt. Ich
war doch nicht lebensmüde.

Ich fragte ihn was mit unserem Kind werden solle, wenn wir beide gingen, vielleicht würde man auf uns schießen und wir seien dann vielleicht tot.

„Den Jungen lassen wir hier", waren seine Worte. Mich traf das wie ein Schlag. Nein, das wollte ich meinem Kind nicht antun. Ich hatte auch Angst. Nein, ich wollte jetzt endlich hier bleiben. Hier, wo ich Menschen gefunden hatte, die mir wichtig waren, und denen ich auch wichtig war, die mir Geborgenheit und Zuneigung gaben. Die an mich glaubten und die mir geholfen hatten, wo sie nur konnten. Wer nimmt denn schon eine wildfremde Frau in sein Haus auf. Ich kannte keinen. Nur diese liebe Frau. Sie war eine Seele von Mensch. Sie hatte einen Ehemann, drei Kinder und ein schönes kleines Häuschen.

Dieses Häuschen lag mitten im Wald. An diesem Haus wurden genau zu dieser Zeit Sanierungsarbeiten durchgeführt.

Dies hielt sie aber nicht davon ab ,mich mit zu sich nach Hause zu nehmen. Für mich fing endlich eine schönere Zeit an. Es vergingen einige Wochen, in denen ich meinen Ehemann nicht mehr sah. Dann erschien eines Tages ein Polizist und brachte mir die Nachricht, dass mein Ehemann in die Bundesrepublik geflüchtet sei. Ich war der glücklichste Mensch unter Gottes Himmel. Endlich. Nun konnte ich wieder in meine kleine Wohnung, in der ich mit ihm zusammengelebt und Demütigungen und Schläge von ihm bezogen hatte. Ich hoffte, ich würde das alles vergessen können.

Jetzt beginnt mein Leben

Ich begab mich in die Wohnung und fand einen totalen
Schweinestall vor. Schüsseln mit Kot und vollkommen verdreckte
Sachen, vollgepinkelte Hosen – total verschimmelt. Es war ein
Chaos hoch drei. Die Frau, bei der ich nun wohnte, half mir erst mal
alles zu ordnen.
Ich konnte immer mit meinen Sorgen zu ihr kommen.
Sie war immer für mich da. Heute weiß ich, wenn ich sie nicht
gehabt hätte, weiß ich nicht was aus mir geworden wäre. So, nun
hatte ich das, was ich immer wollte.
Ich kümmerte mich um meinen Sohn. Dem Jugendamt konnte ich
nun endlich beweisen, wer das große Ferkel war. Diese Menschen
habe die Hände über den Kopf zusammengeschlagen, dass ein
Mensch so leben konnte.
Nun dachte ich, jetzt ist alles ganz einfach und nun kann ich machen
was ich will. Es kam aber alles ganz anders. Ich hatte wenig Geld.
Da war nichts mit weggehen. Tanzen gehen kam auch nicht in
Frage. Mal eben in den Westen fahren und etwas Essbares holen
von Muttern oder vom Opa ging auch nicht. Ich bin manchmal
nachts in irgendwelche Gärten geschlichen und habe mir Radieschen
oder Rhabarber geklaut, damit ich wenigstens etwas zu Essen hatte.
Manch einer wird sich fragen, wieso kam sie hierher zurück in die
DDR, sie wusste doch, dass es kein Raus mehr gab. Weitgefehlt.
Zu der Zeit, als ich noch mit meiner Mutter in der DDR gelebt
hatte, fuhr meine Mutter immer in den Westen, um Kleidung und
Kaffee etc. zu holen . Das war nun vorbei. Heute weiß ich, dass ich
nicht überlegt hatte und auch kein Kind hätte haben dürfen.
Auf das Leben allein und in der Fremde war ich ja auch nicht
vorbereitet. Aber irgendwie musste ich versuchen, mich und mein
Kind durchzubringen. Dies war mir klar. Ich musste jetzt alles in den
Griff bekommen. Ohne Mann und ohne Familie.

Im Grunde genommen, fühlte ich mich wieder eingesperrt. Einsperren war ja für mich so gar nichts. Das hatte ich, als ich im Heim bzw. Kloster war.

Unzufrieden, ein bisschen sauer, dass ich nun hier saß, mit all den Schulden, die ich bezahlen musste. Ich wollte meinen Ehemann nicht mehr, nun war ich ihn los und es war auch nicht richtig. Ich selber war noch keine 18 Jahr, also nicht mündig nach dem Gesetz. Und wieder stand das Jugendamt vor meiner Tür. Man sagte mir, bis zu meiner Volljährigkeit müsse mein Sohn in ein Heim und ich ebenfalls. Was war denn nun wieder los. Hörte das nie auf? Immer wurde auf mir herumgetrampelt. Zumindest habe ich es so empfunden.

Detlef lernte bei der Armee eine andere Frau kennen. Eines Tages brachte er sie mit in unseren Ort. Ich fand sie zwar hübsch, aber sie hatte drei Kinder und jedes von einem anderen. Nun hatten seine Eltern zwar eine andere Schwiegertochter, aber die hatte nicht nur ein Kind, sondern gleich drei. Gerüchte sagten, dass jedes Kind von einem anderen Soldaten war. Sie wohnte in dem Ort, wo der Stützpunkt von der NVA (Nationale Volksarmee der DDR) war. Später hat er mir erzählt, dass er zu Hause Ruhe habe wollte, deswegen hätte er die Erstbeste genommen. Die Ehe hat auch nicht lange gehalten.

Nun musste ich irgendwie meinen Frust ablassen, und das tat ich überall, wo ich dachte, diese und jene hätten Schuld an meinem bis dahin vollkommen verkorksten Leben. Ich wartete nun darauf, in ein Heim eingewiesen zu werden. Komischerweise tat sich in dieser Richtung nichts. Ich wusste zu diesem Zeitpunkt nicht warum. Zwei Jahre später habe ich dann erfahren, warum ich nicht in ein Heim musste. Der reichste Bauer aus dem kleinen Ort hatte die Bürgschaft für mich übernommen.

Das habe ich ihm hoch angerechnet. Warum kam denn nun mein Sohn wieder in ein Heim? Nur weil ich noch nicht volljährig war? Man sagte mir, wenn ich volljährig sei, bekäme ich meinen Sohn wieder.

Meinen Dienst habe ich in meiner Eisdiele gemacht.

Frau Moewe, die Chefin der Eisdiele, war mit mir sehr zufrieden. Ich erledigte die Schreibarbeit und musste abends das Geld in den Nachttresor werfen, obwohl mich die Menschen bei Frau Moewe immer wieder schlecht machten, nach dem Grundsatz: So wie der Mann ist auch die Frau, nämlich eine diebische Elster. Ich machte mich jeden Tag hübsch und fuhr zu meiner Frau Moewe in die Eisdiele.

Es kamen jeden Tag zwei Herren, um einen Eisbecher und eine Tasse Kaffee zu verzehren. Herr J. und Herr K. vom VPKA (Volkspolizeikreisamt)

Ich hatte nur für den Sommer meine Arbeit. Die Eisdiele würde immer am 12. September eines jeden Jahres geschlossen. Danach wusste ich nicht, was ich machen sollte. Diese zwei Herren haben mich eines Tages gefragt, was ich denn danach tun würde? Ich wusste keine Antwort. Wir hätten da was für sie, wir müssten uns aber woanders darüber mit Ihnen unterhalten. Man bestellte mich ins Polizeipräsidium.

Bis dahin konnte ich mir nicht erklären, was sie von mir wollten. Ich erfuhr, dass die beiden Herren von der Kriminalpolizei waren. Ich bin also zu dem verabredeten Termin gegangen. Wir haben uns dann sehr lange unterhalten und haben auch einen Konsens gefunden. Meine Arbeit wäre an der Transitstrecke in einem neu eröffneten Intershop Ich bekam ein Schreiben vorgelegt, das ich unterschreiben sollte. Dieses Schreiben hatte folgenden Inhalt: „Ich verpflichte mich für die Staatssicherheit zu arbeiten, sie zu unterstützen bei der Aufklärung der von der Bundesrepublik Deutschland gegen die DDR geplanten Anschläge, bzw. meine Augen aufzuhalten und Bericht zu erstatten bei Unregelmäßigkeiten auf der Transitstrecke."

Dies habe ich unterschrieben und hatte somit ein Job nach der Tätigkeit in der Eisdiele. Man hatte mir ein gutes Gehalt zugesagt und ließ mich wissen, dass es eine Ehre sei diesen Job angeboten zu bekommen. Vielleicht war es möglich mich nun doch wieder in den Westen abzusetzen.

Es war wirklich ein gutes Gehalt. Taxifahrten von der Arbeit und nach Hause brauchte ich nicht bezahlen.

Zigaretten bekam ich stangenweiße. In jenem Intershop, der auf der Transitstrecke mit Westwaren eröffnet wurde, an die ich mit Hilfe meines Trinkgeldes kam. Also von daher war es traumhaft. Ich brauchte nun nur noch alles aufschreiben was mir verdächtig erschien. Verdächtig, was ist verdächtig? Ich wusste nicht was die von mir wollten.

Für mich war nichts verdächtig. Die Gäste kamen, speisten, tranken und verließen den Rasthof.

Allerdings kam immer einmal in der Woche ein Mann, der humpelte. Jemand sagte, ich solle mal ein bisschen aufpassen, was er so mache, wenn er in das Gebäude käme. Ich sah nichts, was für mich verdächtig gewesen wäre. Zumal mir dieser Herr auch noch sympathisch war.

Er war aus Düsseldorf. Wir kamen ins Gespräch.

Ich erzählte ihm, dass ich auch in Düsseldorf gewohnt hatte, dass meine Mutter noch dort wohne und ich mich freuen würde, wenn er ihr Grüße von mir bestellen könnte. Nach einer Woche kam jener Mann wieder und brachte eine Strickjacke von meiner Mutter mit, die mir bekannt war. Ich wusste also, er war bei ihr gewesen. Wir haben uns dann unterhalten, was ich tun sollte, um leicht aus der DDR rauszukommen.

Ich weiß bis heute nicht, ob er ein V-Mann war oder ob man mich beobachtet und abgehört hatte.

Ich bekam bald einen Termin und sollte mich im Zimmer Nr. 5 einfinden. Das war der Sitz der Stasi, und dort wurde mir von dem lieben Herrn Dombrowsky (bestimmt einDeckname) ans Herz gelegt, mir einen neuen Job zu suchen.

Das war nicht so einfach. Ich war ja praktisch gefeuert. Man hatte mich entlassen, wegen nicht Einhaltens des Vertrages. Dieses „gefeuert" war aus meiner Kaderakte (Personalakte) zu ersehen. Es ging immer mit mir mit.

Wo ich arbeitete, war auch meine Akte, die jeder, der in der Personalabteilung tätig war, lesen konnte.

Nun fuhr ich zuerst mal nach Erfurt zu meinem Stiefvater. Ich erzählte ihm, was ich mit der Stasi erlebt hatte. Ich blieb ein paar Tage in Erfurt. Ich überlegte, ob ich nicht vielleicht doch in Erfurt bleiben sollte.

Mein Vater wollte mir behilflich sein. Ich bin jedoch wieder in mein kleines Dorf zurückgefahren.

Hier angekommen hatte sich wieder etwas ergeben was ich mit dem „gefeuert" in Verbindung brachte.

Es klopfte an meiner Tür, und vor mir stand ein Mann mit jenem Polizisten, der mit in dem Haus wohnte, wo ich wohnte. Sie möchten meinen Umzug durchführen, so sagten sie mir. Wir wollen ihnen nur helfen, die Möbel zu tragen. Meine Miete war gerade bezahlt. Was sollte das?

Ich konnte mir das nicht erklären, und diese beiden Männer hatten angeblich auch keine Erklärung. Sie handelten nur auf Anweisung vom Rat des Kreises Wolmirstedt.

Ich nahm das erstemal in meinem Leben alle Kraft zusammen und widersprach den beiden. Ich schob sie aus der Tür und riegelte ab. Gefragt habe ich noch, wohin denn der Umzug gehen solle. Ja, man habe in der Gemeinde beschlossen mich vorübergehend in das baufällige Haus gegenüber einzuweisen.

In diesem baufälligen Haus, nennen wir es mal eine Ruine, hatte bis dato eine Familie mit acht Kindern gewohnt, die es total verkommen ließ. Am nächsten Tag ging ich dann zu Frau Moewe, jener Frau, die mich immer unterstützt hatte. Wir gingen beide zum Rat des Kreises, Abteilung Wohnungswirtschaft und der nette Herr fiel aus allen Wolken als wir ihm meine Geschichte erzählten. Herr N. wusste von nichts. Heraus kam aber, warum der Polizist mich aus dem Haus haben wollte, es war nämlich sein eigenes. Die Zimmer, die ich bewohnte, sollten für seine Tochter sein. Ich bekam dann zwar doch eine andere Wohnung, allerdings keine baufällige. Der Herr, der mit dem Polizisten meinen Umzug machen wollte, musste sich bei mir entschuldigen. Wie ich später erfuhr, war dieser ein Onkel meines späteren Ehemanns.

Familiengründung

Ich fand eine Arbeit bei einer Brauerei am Fließband. Wohl gefühlt habe ich mich dort nicht.

Diese Arbeit habe ich auch nicht lange gemacht. Meinen neuen Freund, der dann später auch mein Ehemann wurde, wollte, dass ich nicht mehr nach Magdeburg zur Arbeit fahre und dazu auch noch in zwei Schichten. Er war in einer Landwirtschaftlichen Produktionsgenossenschaft, abgekürzt LPG. Dort verdiente er sehr viel Geld, so dass ich nun nicht mehr in dieser Brauerei arbeiten musste.

Ich selber fand auch großes Interesse an seiner Arbeit und so machte ich einen sechswöchigen Lehrgang mit, um nun auch in einem Kuhstall zu arbeiten. Ich überlegte, wenn ich jetzt ein normales Zuhause hätte, einen netten Freund und ein geregeltes Leben, bekäme ich meinen Sohn zurück. Weitgefehlt. In jenem Heim hatte sich eine Kinderkrankenschwester meines kleinen Sohnes angenommen. Sie nahm ihn öfter mit zu sich nach Hause und hatte auch noch mit dem Jugendamt einen Komplott geschmiedet. Ich wurde wieder zum Jugendamt bestellt und gefragt, ob ich nicht in eine Adoption einwilligen würde.

Ich verlangte Bedenkzeit. An jenem Wochenende machte ich mich mit meinem neuen Freund auf den Weg nach Bismarck, um meinen Sohn zu besuchen. Geplant war, dass ich ihn mit nach Hause nehme. Das haben wir auch getan. Wir sagten im Heim, wir würden spazieren gehen.

In Wirklichkeit haben wir den nächsten Zug genommen und sind mit dem Kleinen zu uns nach Hause gefahren. Dies war an einem Samstag, so dass alle Behörden geschlossen hatten und ich ein bisschen Zeit gewinnen konnte.

Im Heim habe ich von zu Hause aus angerufen und der Leiterin mitgeteilt, dass mein Sohn sich bei uns zu Hause befindet. Am Montagmorgen standen dann das Jugendamt und die Polizei bei mir vor der Tür und wollten meinen Sohn abholen, um ihn wieder zurück ins Heim zu bringen. Ich verbarrikadierte mich und ließ niemanden rein.

Nach langen Hin und Her wurde erst mal beschlossen, dass mein Sohn bis zur endgültigen Klärung bei mir und meinem neuen Freund bleiben könne.

Jetzt hatte mein Freund ein großes Problem. Eine Familie, gleich mit Kind, das hatten sich seine Eltern für ihn nicht gewünscht. Aber es war nun mal so. Das war eine Tatsache, die nicht mehr wegzudenken war. Seine Mutter war sehr schlecht auf mich zu sprechen.

Ich erinnere mich an eine Begebenheit, die für mich sehr furchtbar war. Jeden Mittag trafen sich die Frauen der LPG an einer Ecke, um mit einem großen Hänger auf die Felder gefahren zu werden. Wie nun so einige der Frauen dastanden, ging ich an ihnen vorbei, um vom Konsum in einer Schüssel, die ich in der Hand hatte, Sauerkraut zu holen. Wie aus heiterem Himmel spuckte mir die Mutter meines Freundes in diese Schüssel, schaute mich an, und sagte: „Du alte Hure." Ich war so geschockt, dass ich nicht zum Konsum gehen konnte, sondern nach Hause lief. Ich heulte wie ein Schlosshund. Am Nachmittag kam dann mein Freund nach Hause, er wohnte bereits bei mir. Ich erzählte ihm von der Begebenheit. Er schimpfte und ging zu seiner Mutter, um ihr zu sagen, dass er endgültig ausziehe. Nun war es so, dass er sein gespartes Geld haben wollte, um bei mir endgültig zu leben. Ja, es sei kein Geld da. Seine Mutter fing an ihm vorzurechnen, was er im Monat verdient habe, sagte ihm, er möge mal darüber nachdenken, wo das Geld geblieben sei bei seinem Alkoholkonsum. Es stimmte, er hatte als Single sehr viel getrunken. Doch seit wir zusammen waren, hat er keine Gaststätte mehr besucht.

Nun wohnten wir wie eine Familie zusammen. Zu meinem Sohn war er, bis dahin noch, gut. Mich hat er auch gut behandelt. Das war für mich wichtig. Endlich nicht mehr geschlagen zu werden. Mein Kind hatte einen Vater. Seine Eltern wollten mit uns nichts zu tun haben.

Wenn du diese Frau heiratest, haben wir keinen Sohn mehr, so sagte man ihm. Ich konnte es nicht fassen. Ich fühlte mich so mies, irgendwie schuldig. Was hatte ich getan? Ich war jung, hatte meinen Sohn ehelich geboren, zwar schon mit 16 Jahren, aber ich war doch nicht die Einzige auf der Welt, die mit 16 Jahren ein Kind bekam. Haben die alten Menschen vergessen, was in ihrer Jugend alles war? Meine Schwiegermutter hatte auch einen Freund gehabt, von dem sie schwanger geworden war. Allerdings verlor sie das Kind, auch mit 17 und heiratete einen anderen. Nämlich den Vater meines, bis dahin, Freundes.

Auf der Arbeitsstelle hatten er und sein Vater immer noch Kontakt, nur wenn seine Mutter in der Nähe war sprach sein Vater nicht mit ihm. Manchmal, wenn ich meinen Freund von der Arbeit abholte, habe ich mit seinem Vater gesprochen. Er sagte immer, lasst erst mal ein bisschen Gras über alles wachsen, dann wird sich Mutter auch wieder mit uns vertragen. Mit meinem Schwiegervater habe ich mich sehr gut verstanden. Ich glaube, ich hatte ein Stein bei ihm im Brett, wie man so schön sagt. Ich wurde schwanger. Wir sprachen von Hochzeit. Ich war aber noch nicht einmal geschieden. Ich überlegte nun, wie ich es mit der Scheidung anfangen könnte. Mein Ehemann lebte ja im Westen. So zog ein Monat nach dem anderen ins Land. Im September 1964 kam unsere Manuela zur Welt.

Wir waren glücklich. Allerdings hatten wir nur ein kleines Zimmer von zwölf Quadratmeter.

Zum Schlafen hatte ich eine Abstellkammer, sie war vier Quadratmeter groß.

In diesen Zimmern lebten nun vier Personen. In dem größeren Raum wurde gelebt, gekocht, kleinere Wäsche gewaschen, geschlafen etc. So ging das fünf Monate, bis ich am fünften Februar einen großen Waschtag in der Waschküche hatte.

Es war 16 Uhr und ich wollte noch einige Sachen zum Waschen aus der Wohnung holen. Aus Platzgründen musste Manuela in ihrem Kinderwagen schlafen. Sie schlief auch ganz ruhig, und ich konnte noch die letzten Arbeiten draußen verrichten. Ich war vielleicht 15

Minuten aus dem Zimmer, als mein Freund und ich das Zimmer
wieder betraten.

Er kam von der Arbeit. Immer, wenn er abends das Zimmer betrat,
meldete sich die Kleine. Diesmal aber nicht. Mein Freund ging an
den Kinderwagen und merkte bald, dass die Kleine nicht mehr lebte.
Ich verstand die Welt nicht mehr. Hört das denn nie auf? Warum
immer ich?

Was hatte ich verbrochen? Konnte ich denn nicht auch mal ein
wenig Glück haben? Ich war wieder einmal am Ende. In dieser Zeit
hat sich das Verhältnis zu meinen Schwiegereltern etwas gebessert.
Es lockerte sich auf und so langsam merkten sie, dass ich gar nicht
so schlecht war , wie sie von mir gedacht hatten. Der Tod, wieder
ein Gefühl des Verlustes, trug, so makaber es klingt, zur Versöhnung
mit den Eltern bei. Ich hatte es ja schon so oft gehabt dieses Gefühl.
Musste erst ein Kind sterben, bis man merkte, dass ich doch ein
ganz normaler Mensch war, der nur Ruhe, Frieden und ein kleines
bisschen Glück wollte? Diesmal schaltete sich der
Gemeindevorstand ein und gab uns eine Wohnung mit Küche,
Schlafzimmer und Wohnzimmer. Die haben wir uns sehr schön
eingerichtet. Ich wurde wieder schwanger und habe am
28. November 1966 ein Mädchen entbunden. Michaela, so wollte ich
das sie heißt. Sie hat mir nach dem Tod von Manuela über vieles
hinweg geholfen.

Mein Ruf in jenem Ort änderte sich auf einmal schlagartig, obwohl
ich war wie immer. Ich hatte nichts getan, was anders gewesen wäre.
Es musste erst ein Unglück passieren, damit ich endlich anständig
behandelt wurde. Wir sind arbeiten gegangen, meine Noch-nicht-
Schwiegermutter passte auf die Kinder auf.

Allerdings mussten wir ihr dafür 400 Mark pro Monat geben. Das
taten wir auch. So, nun wurde es ernst.

Ich hatte ja die Scheidung eingereicht, die sich hinzog.
Angenommen hatten wir, bis zur Geburt von Michaela verheiratet
zu sein. Nein, es hat nicht geklappt. Heiraten konnten wir erst am
4. Februar 1967.

Parallel zu der Scheidung musste ich das Sorgerecht für meinen Sohn beantragen. Man hatte Angst, mein geschiedener Ehemann würde auch das Sorgerecht haben wollen und die DDR müsste dann das Kind ausliefern. Um meinem geschiedenen Ehemann den Wind aus den Segeln zu nehmen, hat das Jugendamt ein Gutachten erstellt, um mir zu bescheinigen, dass ich eine gute Mutter sei und auch immer war. In diesem Gutachten wurde nun endlich die Wahrheit geschrieben.

Nämlich, dass ich wirklich eine gute Mutter sei und meinen Sohn Sauberkeit und Ordnung bieten könne in einer geordneten Umgebung, die man Familie nennt. Ich verstand die Welt nicht mehr. Vorher war ich eine Mutter, die keine Mutter war und man steckte meinen Sohn in ein Heim.

Jetzt war das alles nicht wahr, was mal über mich gesagt worden war. Ich hatte immer gewusst, dass alles nur erfunden war, um mir mein Kind wegzunehmen und mich zu überreden, einer Adoption zu zustimmen.

In einem Gespräch mit dem Jugendamt wurde mir gesagt, dass man einem Verräter, der auch noch illegal den Staat verlassen hatte, auf keinen Fall das Sorgerecht überlassen würde. Selbst in dieser Sache herrschte kalter Krieg. Nur hier war ich und mein Sohn der Spielball zwischen den Fronten.

Doch Angst hatte ich immer noch, so hatte mich doch gerade Achim S., ein Kollege, angezeigt. Ich hätte ihn wegen seiner Parteizugehörigkeit beschimpft. Er tat sich als etwas Besseres hervor. Bis 1961 ging er im Westen schwarzarbeiten und nun waren die Grenzen zu, aber er hat sich sofort zu den Kommunisten gesellt. Ich versuchte ihm dies beizubringen. Doch er ging vor Gericht und zeigte mich an. Ich bekam sechs Monate vom Kreisgerichtsdirektor D. aufgebrummt, allerdings und Gott sei Dank zur Bewährung. Meine Worte zu jenem Achim S. waren: „Du rotes Schwein hängst deine Fahne in den Wind." Die Anklage erging nicht wegen dieses Satzes, sondern wegen Rowdytums. Einfach lachhaft.

Doch siehe da, ich bekam das Sorgerecht und war glücklich. Nun strebt ja jeder Mensch immer wieder nach etwas Besserem, Höherem und Größerem. So auch wir. Eines Tages erzählte uns mein Schwiegervater von einer Annonce in der Zeitung, wonach ein Landwirtschaftlicher Betrieb Melker suchte. Geboten wurden eine Neubauwohnung (Erstbezug) und ein gutes Gehalt.

Ich wollte auch raus aus diesem kleinen Ort, an den mich so viel an meine erste Ehe erinnerte. Gesagt, getan, man nahm uns in dieser Landwirtschaftlichen Produktionsgenossenschaft auf. Natürlich hat alles in meinem Leben immer einen Haken. So auch diesmal: Meine Schwiegereltern wollten mit und sie kamen mit.

Die neue Heimat

Da hat sich meine Schwiegermutter gleich bei den Menschen in dem Ort über mich und meinen Sohn ausgelassen. Wer der Vater meines Sohnes sei und das ich auch nicht besser sein könne. Der Vater meines Sohnes sei ein Verbrecher und Halunke und ich eine Hure, die sich mit jedem abgebe, die schlampig sei usw. Zum Glück hat sich das schnell geklärt. Jeder, der in meiner Wohnung war oder der meine Wäsche auf der Leine sah, wusste, diese Person kann nicht schlampig sein.

Eine Zeitlang habe ich mir dann meine Liebe erkauft, in dem ich meine Pakete, die aus dem Westen kamen, auspackte, auf den Betten ausbreitete und meine Schwiegermutter aussuchen ließ, was sie wollte. Manchmal blieb für meine Familie nicht mehr viel übrig. Die Leute, die gemerkt haben, welches schlechte Verhältnis wir zu meinen Schwiegereltern hatten, stellten mir die Frage, wie man mit solchen Schwiegereltern in einen Ort ziehen könne. „Warum habt ihr sie nicht da gelassen, wo sie waren?" Sie würde doch keinen guten Faden an meiner Familie lassen.

Eines Tages, ich konnte dieses Gerede, nicht mehr ertragen, und so habe ich sie gefragt, ob sie das für richtig halte, solch eine Nestbeschmutzung zu betreiben. Sie würde ihren Sohn damit auch in ein schlechtes Licht rücken. Sich selbst natürlich auch. Denn wir waren zuerst hierher gezogen. Aber sie hat nicht verstanden, was ich von ihr wollte. Mit meinem Schwiegervater bin ich sehr gut klar gekommen. Er gab mir immer Recht. Allerdings durfte meine Schwiegermutter nicht dabei sein.

Fünf Jahre dauerte es. Die Diffamierungen meiner Schwiegermutter gegen mich und meinen Sohn, waren nicht mehr zum aushalten. Eine Geschichte gab mir dann sehr zu denken. Es war im Februar 1970.

Ich war schwanger und musste zu einer ärztlichen Kontrolluntersuchung. Ich kam früher nach Hause als gedacht und

sah, wie meine Schwiegermutter mit einer großen Tüte Pfannkuchen vor meinen beiden Kindern stand. Michaela hatte schon einen Pfannkuchen in der Hand. Peter fragte ob er denn auch einen bekommen könnte. Sie sagte barsch: „Du bist immer frech."
Ich reagierte total über. Es war furchtbar mit anzusehen wie mein Sohn zuschauen sollte. Ich nahm Michaela den Pfannkuchen aus der Hand und warf ihn in die Mitte des Hofes. Aus heutiger Sicht weiß ich, dass das falsch war. Ich gab ihr zu verstehen: entweder beide Kinder oder keines. Heute schäme ich mich für diese Reaktion.
Es gab so viele Probleme mit meinen Schwiegereltern und meinem Mann, der immer auf Seiten seiner Eltern stand.
Peter hat schnell gemerkt, dass er nicht gerade willkommen war. In der Schule fiel er immer unangenehmer auf. Ich saß zwischen Baum und Borke.
Ich hatte Angst, wenn ich mich für die Kinder entscheiden und meinen Mann verlassen würde, ginge das elende Leben wieder von vorn los. Zumal mir meine Schwiegereltern und auch mein Mann immer gesagt hatten, wenn ich mich scheiden ließe, würden sie mir meine Kinder wegnehmen. Bald wurde mir mitgeteilt, dass Peter versetzungsgefährdet sei.
Ich lernte nur noch mit ihm. Es blieb keine Zeit mehr für andere Sachen. Stubenarrest war an der Tagesordnung. Fahrrad fahren und spielen gab es für ihn nicht mehr. Aber Peter stellte auf stur. Die Menschen merkten zwar schnell, wessen Geistes Kind meine Schwiegermutter war. Wer macht schon seine Kinder schlecht? Wenn Menschen schlecht gemacht werden, haben sie es schwer, sich wieder ins rechte Licht zu rücken und ihren guten Ruf wieder herzustellen.
Nun wurde 1970 im Juni unsere Bianca geboren. Bei mir war es auch Berechnung. Endlich brauchte ich nicht mehr mit meiner Schwiegermutter zusammenarbeiten. Wir arbeiteten in einem Kuhstall. Also, auf engstem Raum.
Ich erinnere mich da an eine Sache, die mir meine Schwiegermutter anhängen wollte und wie sie auf meinen Schwiegervater einredete:

„Hau ihr endlich die Forke übers Kreuz." Diese alte Hure. Die
Folge war; dass mir mein Schwiegervater den Forkenstil über
meinen Rücken haute, sodass ich zusammenbrach und keine Luft
mehr bekam. Daraufhin wollte sich mein Mann an seinem Vater
vergehen. Ich schrie: „Hört endlich auf zu streiten." Ich klammerte
mich an die Beine meines Mannes, damit er nicht zu seinem Vater
ging, um ihn zu schlagen. „Versündige dich nicht, bitte lass ihn!"
Es war ein unmöglicher Zustand. Eigentlich primitiv.
Ich wollte nicht mehr in dieser Umgebung arbeiten.
In Wanzleben bei dem Landwirtschaftsrat saß ein Herr G. Er wurde
bei Versammlungen auf mich Aufmerksam. Herr G. war der
Meinung mit mir wäre noch etwas besseres zu machen. Ich könne
doch ein Agrarstudium aufnehmen. Es ginge über vier Jahre und ich
hätte dann eine gute Aussicht, in Blumenberg bei Wanzleben die
geplante Schweinemastanlage zu übernehmen. Ich dürfe das aber
nicht in meiner LPG erzählen, weil sonst der Vorsitzende Herr V.
nicht seine Einwilligung zum Studium geben würde. Es werde eine
Mitgliederversammlung abgehalten und dann werde man
weitersehen. Herr V., jener Vorsitzende, überredete die Mitglieder
nicht für mich, sondern gegen mich abzustimmen. Herr V. hat sich
Herrn G. gegenüber so geäußert, dass, wenn ich mit meinem
Studium fertig wäre, könne er den Stuhl für mich frei machen. Herr
V. war nur gelernter Buchhalter und somit hatte er nicht die
Qualifikation für einen LPG-Vorsitzenden. Durch die Abstimmung
gegen mich hatte ich keine Lust mehr, in diesem Betrieb weiter tätig
zu sein.
Mein Mann hatte seine Mutter irgendwann auch durchschaut und
suchte sich ebenfalls eine neue Beschäftigung. Er ging in eine
Gießerei nach Magdeburg und ich fing in dem gleichen Betrieb an.
Ich wurde als Pförtnerin eingestellt. Ich musste zwar in Schichten
arbeiten, aber das hat mich nicht gestört. Wenn ich Frühschicht
hatte, hatte mein Mann Nachtschicht.
Es war also immer jemand bei den Kindern. Nach zirka. einem Jahr
lernte ich einen Hauptabteilungsleiter einer Abteilung dieser Firma

kennen. Mit ihm habe ich mich öfter unterhalten, wenn er bei mir seinen Büroschlüssel holte. Mein Mann war in seiner Abteilung als Putzer, so nannte man die Arbeiter, die an den gegossenen Teilen die Grate abstrahlten. Er fragte mich, ob ich nicht in seiner Abteilung ins Büro kommen möchte. Ich konnte ihm nicht gleich antworten, obwohl mich die Tätigkeit reizte.

Zuerst musste ich dafür sorgen, dass meine Kinder gut untergebracht waren. Das hatte ich nach einiger Zeit geschafft, dann stand dieser Tätigkeit nichts mehr im Weg. Ich fing also im Büro in der Lohnverrechnung an.

Bald hatte ich mir so viel Vertrauen erarbeitet, dass ich einige ehrenamtliche Funktionen annehmen sollte.

So war ich zum Beispiel Vorsitzende der DSF, in der Kurenkommission und Vorsitzende der Rentenkommission. Das tat ich sehr gewissenhaft. Obwohl der Posten in der DSF nicht so nach meinem Sinn war.

Ich setzte mich für die Kollegen ein, die meine Hilfe brauchten.

Doch eines Tages wurde mein Ehemann sehr krank. Er musste in eine Lungenklinik. Mir eröffnete man nach einem kurzen Klinikaufenthalt meines Mannes, wenn er nicht aufhöre zu rauchen, werde er nur noch zirka fünf Jahre leben. Ich fuhr jeden Tag mit allen drei Kindern in die Klinik.

Es war sehr umständlich, diese Fahrerei. Was ich allerdings nicht wusste war, wenn ich das Krankenhaus verließ, es war immer so gegen 17 Uhr, fing für meinen Mann und seine neue Freundin das Leben erst an. Sie gingen Abend für Abend in das Nachbardorf, um sich dann anschließend im Wald zu erfreuen.

Ich fuhr wieder nach Erfurt, um mit meinem Vater zu sprechen und erhoffte mir Hilfe von ihm. Er war gerade aus der Haft entlassen. Ich erkannte ihn nicht wieder.

Was haben diese Menschen aus meinem Vater gemacht.

Er hatte zwischenzeitlich wegen seiner Antiquitäten auch Schwierigkeiten mit der Steuer. Man hatte ihn für zirka sechs Monate aus dem Verkehr gezogen. Die Truppe um Schalk -

Golodkowski die erst im Aufbau war, wollte wissen was sich alles im Besitz meines Vaters befinde. So täuschte man einfach vor, ihn wegen Hehlerei zu verhaften. Doch der Grund war, man wollte seine Antiquitäten sichten.   Mein Vater sagte mir einen Satz, den ich bis heute nicht vergessen habe: „Mein liebes Kind, merke dir eins: Wenn du in ein Gefängnis der DDR rosa reingehst, kommst du rot wieder raus."

So richtig verstand ich damals nicht, wie er das meinte. Mein Stiefvater war weder rosa noch rot. Aber Jahre später wusste ich, wie er es meinte.

Aber dazu zu gegebener Zeit.

Nach ein paar Tagen bin ich dann zurückgefahren in mein kleines Dorf.

Die Kinder wurden einer nach dem anderen eingeschult, wir gingen unserer Arbeit nach und konnten uns einen guten Wohlstand erarbeiten. Peter machte mir einige Schwierigkeiten, die aus heutiger Sicht gar keine waren. Irgendwann wusste ich mir keinen Rat mehr und meldete mich bei dem evangelischen Pfarrer an, um mit ihm über die Schwierigkeiten, die Peter in der Schule hatte, zu reden. Er wollte sich mit dem Jungen unterhalten und ihn öfter in seinen Jugendkreis einladen. Peter ist also öfter zum Pfarramt gegangen und hat dort auch Interesse gezeigt .Er fühlte sich hier sehr wohl. Man sah das nicht so gerne, dass wir uns nun mit der Kirche zusammentaten.

Eines schönen Tages meldete sich der Direktor der Schule und wollte mit mir reden. Ich ging zur Schule und erfuhr, dass Peter die Schule verlassen muss.

Ich wollte natürlich wissen wieso. Ja, so sagte er, Peter hätte einem Mädchen mit einer Rasierklinge im Sportunterricht den Rücken aufgeschnitten. Auf mein nachhaken wie dies denn passieren könne, wurde mir erzählt, dass die Klasse auf dem alten Friedhof einige Runden gelaufen wäre und er dabei eine alte rostige Rasierklinge gefunden hätte. Beim Aufrichten während des Laufens hätte er das Gleichgewicht verloren und ist somit dem Mädel, welches vor ihm lief, in den Rücken gefallen. Ich konnte es nicht fassen. Und das in der DDR. Es bestehe doch Schulpflicht. Ich wollte nun wissen, wie die Schule sich das weiter vorstelle. Er müsse doch was lernen, und das geht doch nicht so einfach. Sie machten sich das mal wieder sehr einfach. Peter blieb also zu Hause.

Ich ging auf Anraten einiger Bekannter zu einer Diplompsychologin und ließ ein Gutachten erstellen.

Hier stellte man fest, dass Peter normal entwickelt sei und er in der Schule vielleicht unterfordert sei.

Das wollte man erst recht nicht akzeptieren. Ich suchte nun nach einer Lösung und fand sie Gott sei Dank auch. Es war nun schon ein Jahr ins Land gezogen, in dem mein Sohn nicht zur Schule ging. Ich meldete mich beim Schulrat in W. an und wollte wissen, wie lange mein Sohn noch zu Hause bleiben solle. Ich setzte diesem Herrn die Pistole auf die Brust. Falls man ihn nicht wieder einer Schule zuführe würde ich einen Ausreiseantrag für ihn stellen und ihm im Westen bei seinem Vater eine geeignete Schulausbildung zukommen lassen. Daraufhin, man staune, bekam ich für ihn einen Heimplatz in einer lernbehinderten Schule. Ich dachte, ich würde jetzt doch verrückt. Die können mit einem machen was sie wollen. Von dem Tag an ging ich zu keiner Wahl mehr.

Das war für mich das Hinterletzte. Ich wurde gezwungen, ihn nach Peseckendorf zu bringen, in eine Sonderschule für geistig und lernschwache Kinder.

Haben die denn nicht das Gutachten gelesen? Ich verstand die Welt nicht mehr. Mir blieb nichts anderes übrig, als Peter dorthin zu bringen. Falls ich das nicht täte, müsste man mich wegen Verletzung der Schulpflicht verklagen. Das war schon lachhaft. Ein Jahr lang kümmerte man sich nicht darum, ob er eine Schule besuchte. Nachdem ich mich darum gekümmert habe, will man bei Nichtbefolgen der Anordnung mich vor den Kadi ziehen. Ich brachte ihn in diese Sonderschule, wohlweislich in dieser Schule bleibt er nicht.

Natürlich fühlte sich der Junge in dieser Schule nicht wohl. Sein Verhalten war schon sehr merkwürdig. Er wurde immer aufmüpfiger und renitenter.

Dort blieb er dann doch, bis er mit seiner Schule fertig war. Allerdings hatte er nur den Abschluss der achten Klasse einer Sonderschule. Es klingt schon makaber.

Nun musste man nach einem geeigneten Lehrplatz suchen. Allein konnte man das ja nicht machen. Es wurde einem ein Lehrplatz von der Berufsberatung zugeteilt.

Hier brauchte man Vitamin B (Beziehungen), die wir nicht hatten. Peter kam zur Deutschen Reichsbahn. Das wollte er wiederum nicht. Er tat es dennoch.

Nach geraumer Zeit ist er hier auch wieder unangenehm aufgefallen. Er hatte einem Kollegen etwas aus dem Spind gestohlen. Dieser wollte ihn anzeigen. Zum Glück konnte ich das abbiegen. Ja, aber mein Peter hat geglaubt, das geht immer so. Beim nächsten Vorkommnis konnte ich nichts mehr für ihn tun. Man hat ihn in einen Jugendwerkhof gesteckt. So nannte man in der DDR die Vorstufe eines Gefängnisses für Jugendliche. Angeblich hatte er ein Mädchen vergewaltigt.

Das glaube ich bis heute nicht.

Nur leider kann ich ihn dazu nicht mehr befragen, dazu später. Er wurde vor Gericht gestellt, und man verurteilte ihn zu einem Jahr Gefängnis, denn mittlerweile war er volljährig. Er hat mir später versichert, er hätte dieses Mädchen nicht vergewaltigt. Sie wollte es auch. Man hatte sie erwischt.

Der Sache auf den Grund gegangen ist keiner. Man gab sich damit zufrieden, und so hatte es sich. Ich bin öfter beim Pfarrer der evangelischen Kirche gewesen. Ich holte mir bei ihm immer wieder Ratschläge wegen meines Sohnes. Das hat man im Ort mitbekommen.

Meine Kinder, bis dahin noch Heiden, wollte ich endlich taufen lassen. So gingen wir abwechselnd, mal in die evangelische, mal in die katholische Kirche. Ich wollte meine Kinder zu keinem Glauben zwingen, sondern sie sollten selbst entscheiden, was sie machen möchten.

Als Michaela dann alt genug war wollte sie evangelisch getauft werden. Sie fuhr immer zu den Kirchentagen, war in der Friedensbewegung „Schwerter zu Pflugscharen" und ist deshalb als unangenehm eingestuft worden.

In den Ferien machte sie ihre Ferienarbeit in einem Behindertenheim in Wolmirstedt. Sie war da sehr beliebt und man wollte, dass sie auch ihre Lehre dort beginnt.

Sie wollte heilpädagogische Kinderdiakonin werden. Leistungsmäßig war das bis dahin noch möglich. Doch als der Direktor ihrer Schule darüber informiert wurde, bestellte er mich in die Schule. Ich wusste, dass jetzt der Zeitpunkt gekommen war, sich öffentlich zu bekennen, oder mit dem Strom zu schwimmen. Ich wusste auch, was das für uns, speziell für meine Kinder, heißen würde. Besser sein als der Beste, sonst würde nichts aus ihre Berufswünschen werden. Diejenigen, die in der DDR nicht linientreu waren, sind im Berufsleben nicht weit gekommen.

In Erinnerung ist mir da ein Fall, der sogar vom Fernsehen der DDR ausgestrahlt wurde. Es ging um eine Schülerin der Oberschule, die auf ihrem Zeugnis nur Einsen und Zweien hatte, in Sport allerdings eine Fünf.

Die Fünf hatte sie, weil sie nicht schwimmen konnte. Diesem jungen Menschen, der die Richtung Pädagogik einschlagen wollte, sagte man, sie hätte die Prüfung nicht bestanden und könne darum nicht studieren.

Dies geschah im Jahr 1964 und die Schülerin war Dagmar W. Das Fernsehen sendete den Bericht über das Problem am 24. November 1964. Die Sendung „Prisma" griff diese Sache auf, und versuchte diesem jungen Mädchen zu helfen. Siehe da, es tat sich was. Allerdings musste ja nun ein Schuldiger gefunden werden. Was lag da nahe? Die Sportlehrerin wurde nach dem Vorfall berentet und schied aus dem Lehrerberuf aus. Susanne P. hatte den Nagel auf den Kopf getroffen, wer nicht linientreu war, kam nicht hoch.

Und genau so war es jetzt bei meiner Tochter.
Man versuchte immer und immer wieder alles zu boykottieren.
Wenn sie eine Eins schrieb, befahl der Direktor, dass die Arbeit nachmittags, allein im Klassenzimmer, noch einmal geschrieben wurde.
Dies passierte viermal, dann ist mir der Kragen geplatzt. Ich begab mich mit Wut im Bauch in das Sekretariat und wollte Rechenschaft vom Direktor. Auf meine Frage, was das denn solle, wurde mir gesagt, sie hätte abgeschrieben. Meine Tochter sagte mir aber, dass die Banknachbarin eine Drei gehabt hätte. Also, so fadenscheinig wie alles, was vom Direktor kam, war dies auch. Der Direktor dieser Schule sagte mir aber auch, dass, wenn meine Tochter in der Kirche anfange zu lernen, man ihr Vieren und Fünfen ins Zeugnis hauen würde, damit sie keine Hoch- und Fachschule besuchen könne.
Leider hatte ich keinen Zeugen für diese Aussage. Schade.
Aufgrund ihres kirchlichen Engagements, so dachten wir, nahm man bei uns eine Hausdurchsuchung nach der anderen vor. Bei einer hat man eine Kassette beschlagnahmt. Sie war von Udo Lindenberg. Der Titel war „Sonderzug nach Pankow". Man suchte gleichfalls nach Westgeld und fragte mich, wie viel Fernsehgeräte wir hätten und woher die seien
Viel später habe ich erfahren, dass mein Sohn erzählte, dass wir alles im Intershop kaufen würden und er wüsste nicht, woher wir das Geld bekämen. Gewundert habe ich mich schon, dass Peter nach drei Monaten aus der Haft entlassen wurde und auch sofort Wohnraum bekam.
Eine Wohnung in der DDR zu bekommen, war nicht so einfach.
Viele junge Paare haben teilweise noch im Elternhaus gelebt, weil keine Wohnungen da waren.
Wenn er bei uns zu Besuch war, und das war täglich, wunderten wir uns, warum er immer den Sender der DDR einstellte.

Ich fragte ihn mal. Eine Antwort habe ich nicht bekommen. Wenn ich dann umstellte, verließ er den Raum. Wir konnten uns keinen Reim darauf machen.

Er wusste, dass wir nie DDR-Fernsehen anstellten. Viele Jahre später erst sollte ich erfahren, warum sein Verhalten so war. Mir fiel nur ein Satz ein, den mein Vater mir mal sagte. „Wenn du in ein Gefängnis der DDR rosa rein gehst, kommst du rot wieder raus."

Nun war der Tag der Entscheidung auch für meine Bianca gekommen. Jetzt musste sie sagen, welchen Glauben sie annehmen wollte. Es ging nämlich auf den Tag der Jugendweihe zu und da wollten wir schon wissen wohin jeder gehörte.

Bianca fand den katholischen Glauben besser. Also wurden beide getauft.

Eines Tages war ich mit meinem Mann mit dem Auto unterwegs. Wir wunderten uns, dass wir seit geraumer Zeit verfolgt wurden. Es fuhr immer ein Pkw hinter uns her. Wenn wir anhielten, hielt er auch. Ich fuhr dann rechts in eine Straße, die wenig befahren war und hielt an.

Wir wollten sehen, ob dieses Fahrzeug auch in diese Straße einbiegt. Und prompt fuhr es auch wieder hinter uns her. Jetzt wollte ich wissen, wer das war. Ich hielt an und wartete eine Weile. Ungefähr 20 Meter hinter uns hielt man auch.

Ich stieg aus und wollte sehen, wer das sei. Mit einem Mal gab dieser Pkw, Marke Wartburg, Gas und steuerte auf mich zu. Ich erkannte, nachdem ich zur Seite gesprungen war, meinen Sohn als Fahrer.

Ich war fassungslos, konnte es nicht glauben. Als er auf meiner Höhe war, schauten wir uns beide in die Augen. Es ging alles so schnell. Was muss ein Mensch für einen Hass auf einen anderen haben, um sich zu so einer Tat hinreißen zu lassen? Das konnte nicht seine Idee gewesen sein. Wir hatten uns doch immer gut verstanden.

Er war immer mein Beistand gewesen, wenn mein Mann und ich uns gestritten hatten. Ich wollte ihn zur Rede stellen, irgendwann. Aber er war wie vom Erdboden verschwunden. Keiner wusste, wo er sich aufhielt.

Eine etwas mysteriöse Erbschaft

Zu dieser Zeit hatten wir sehr viel Kontakt zu meinem Bruder, der seit 1970 in den Vereinigten Staaten lebte. Am 18. November 1975, als mein Stiefvater Vater starb und eine der größten privaten Antiquitätensammlung der DDR hinterließ, kam mein Bruder in die DDR, um das Erbe anzutreten.

Jedoch hatte mich meine liebe Cousine Anneliese mal wieder versucht zu täuschen. Anneliese versuchte mich zu überreden, mich mit meinem Bruder in Ost-Berlin zu treffen und ihm die Erbschaft auszureden, er möge das Erbe ausschlagen, es wären noch so viel Schulden da, dass nichts übrig bleiben würde. Ich könne mir dann aus der Hinterlassenschaft etwas aussuchen. Dieser Betrug kam für mich nicht in Frage. Im Übrigen merkte ich, wie meine Cousine ein Teil nach dem anderen aus der Wohnung herausschleppte. Um nicht zu sagen, gestohlen hat. Später sollte ich aus Aktenmaterial erfahren, dass sie für zirka 2 Millionen gestohlen hatte.

Ich ließ meinen Bruder wissen, sofort in die DDR zu kommen, um sein Erbe anzutreten.

Schon bei der Beerdigung erlebte ich die seltsamsten Sachen. Man suchte krampfhaft nach einem Vermächtnis, ein Testament vielleicht, doch man fand nur dieses Vermächtnis. Aus diesem ging hervor, dass ein fremder Mensch von meinem Vater 50.000 Mark erben sollte.

Ich konnte es nicht glauben.

Er, der einen Standesdünkel gehabt hatte, vermacht einem Lkw-Fahrer, der bei der Stadtreinigung in Erfurt einen Lkw mit irgendwelchen Flüssigkeiten durch die Stadt fuhr, solch eine Summe.

Ich fuhr wieder in meinen kleinen Ort und ging meinem Beruf nach. Meine Gedanken waren immer in Erfurt.

Am 6. Dezember 1975 war es dann soweit. Mein Bruder kam nach Erfurt und damit fing alles an. Was wir erlebten übersteigt jegliches menschliches Denken.

In einem Buch von Günter Blutke (1. Auflage von 1990) wird dieser Fall sehr gut beschrieben.

Das ganze geplante Vorhaben der Menschen, die sich daran bereichern wollten und auch taten, fiel zusammen. Ich merkte, dass in der Zeit zwischen der Beerdigung, und dem Eintreffen meines Bruders, ein großer Teil der Antiquitäten gestohlen worden war. Zu diesem Zeitpunkt wussten wir nicht, wer alles gestohlen hatte. Es wurden vor unseren Augen Sachen verscherbelt. Man konnte es nicht mehr mit ansehen. Wir saßen in der Bibliothek meines Vaters als es klingelte, fremden Leuten wurden per Handschlag kleinere Gegenstände überreicht. Oma Dietel rannte in ihrem hohen Alter Leuten hinterher, dass man denken konnte, der Teufel sei hinter ihr her. Wir wissen bis dato nicht, wo diese Sachen hingingen.

Es war ja verboten Kunstgut der DDR auszuführen.

Es war soviel da, dass man meinem Bruder den Vorschlag machte, die restlichen Steuerschulden zu bezahlen, und von dem Rest wollte man sehen, was er mitnehmen könne. Insgesamt sollte er für 350.000 Mark Antiquitäten mitnehmen können. Man würde die Sachen, an denen er Interesse hätte, schätzen lassen und dann könnte er das mit in den Westen nehmen. Wir wurden von einem Staatsanwalt a.d. Polke, einem Freund meines Stiefvaters, angewiesen, gegen Geld natürlich, die Leute, die das alles schätzen sollten, mit Waren aus dem Intershop zu beschenken, um die Sachen niedrig zu schätzen. Dies taten wir dann auch. Letztendlich arrangierte sich mein Bruder mit all den Museumsdirektoren, dem Finanzamt von Erfurt und Kunstgutachtern. In dieser Zeit hatte ich große Angst um meinen Bruder.

Ich hatte verständnisvolle Menschen in meinem Job und einen sehr guten Chef der mir versicherte, wenn ich für ein halbes Jahr zu Hause bliebe, könnte ich hinterher wieder bei ihm anfangen. Er hielt sein Versprechen. Als alles unter Dach und Fach war, gab der Museumsdirektor R. vom Angermuseum seine Unterschrift für die Ausfuhr der aufgezeigten Antiquitäten. Es lief für meinen Bruder alles wie geschmiert. Doch leider wurde später die Unterschrift des

Herrn R. sein Todesurteil. Er wurde vor Gericht gestellt und auch verurteilt. Ebenfalls geschah dies mit meiner Cousine und dem Herrn Polke. Selbst, wie ich später erfuhr, sind einige Leute von der Steuerfahndung vom Rat der Stadt Erfurt aus ihrem Job entlassen worden.

Der Lkw wurde mit Kunstgut beladen, und der Zoll hat alles verplombt. Mein Bruder fuhr ebenfalls zurück in Richtung Westen. Er hatte es geschafft.

Im Westen konnte keiner glauben, dass mein Bruder einen Erbschein bekommen hatte und auch noch Antiquitäten mit in den Westen nehmen durfte. Allerdings fing für die, die zurück geblieben sind, die Farce erst an.

Am 23. März 1977, morgens um sechs Uhr hat man mich verhaftet. Mich erinnerte diese Verhaftung an einen Film, der im zweiten Weltkrieg spielte. Die Herren sahen aus wie von der Gestapo. Wie die Sache hinterher aufgeflogen ist, weiß ich bis heute nicht. Eines weiß ich allerdings heute. Ich habe mich immer gewundert, warum man bei mir ständig Hausdurchsuchungen machte. In einer Akte der Steuerfahndung Erfurt war zu lesen, dass ich angeblich auch Antiquitäten gestohlen haben soll. Nein, sogar das Auto meines Vaters sollte ich gestohlen haben. Das Auto hatte mir aber mein Bruder geschenkt.

Es kam zu einer Verhandlung, bei der meine liebe Cousine auch mit auf der Anklagebank saß. Warum, weiß ich nicht. Sie war ja diejenige, die mir eingeredet hatte, meinem Bruder die Erbschaft auszureden, und es würde für mich genug abfallen. Ich tat das natürlich nicht. Es handelte sich ja hier nicht um irgendjemanden, sondern um meinen Bruder. Später habe ich erfahren, dass mein Bruder beim Verladen der Sachen aus nicht vorhandenem Sachverstand einen Schrank mit aufladen ließ, der unter keinen Umständen die DDR verlassen durfte. Das konnte nicht allein der Grund sein, dass man Cousine Anneliese auf die Anklagebank setzte. Obwohl mein Bruder eine große Schenkung an Anneliese vornahm, hat Anneliese meinen Bruder bestohlen.

Später erfuhr ich von ihr persönlich, dass sie es war, die an die Staatssicherheit Berichte über mich und meinen Bruder geschrieben oder in anderer Form weitergegeben hatte. Dieses Gespräch fand im Dezember 2003 statt. Ich hielt ihr Nestbeschmutzung vor und legte den Hörer auf.

Das wollte ich mir nicht länger anhören.
Das ich nun verhaftet wurde, lag vielleicht daran, dass man feststellen wollte, wie viel mir mein Bruder erzählt hatte. Für den Fall, dass man mir einen Strick daraus drehen sollte, ließ mir mein Bruder eine blanko Prozessvollmacht hier, um mich von einem Rechtsanwalt in Berlin vertreten zu lassen. Ich habe sie Gott sei Dank nicht gebraucht. Diese Erbschaft hat mir gezeigt, mit welchen Mitteln Menschen versuchen, andere über das Ohr zu hauen. Die engsten Verwandten, eigentlich hatten sie ja mit dem Erbe nichts zu tun, rafften und gierten nach den Hinterlassenschaften. Ich merkte auch, wie korrupt die Menschen waren, die in den Ämtern saßen. Das eine derartige Korruption in der DDR möglich war, war mir bis dahin nicht bekannt. Ich stand meinem Bruder in der Zeit, in der er sich in der DDR aufhielt, mit Rat und Tat zur Seite. Schon aus Angst, man könne ihm etwas antun. Dafür wurde ich mit einem Auto und etwas Handgeld belohnt. Von diesem Geld konnten wir uns ein Häuschen kaufen. Wieso das ging, weiß ich bis heute nicht. Vielleicht wusste ich doch zu viel. Manchmal möchte ich meine Stasi-Akte einsehen. Dann wieder nicht. Ich denke, man soll alles ruhen lassen und sich nicht mit dem Mist, der es ja ist, belasten. Günter Blutke, Autor des Buches „Obskure Geschäfte mit Kunst und Antiquitäten" schreibt zu Recht, dass sich am Besitz meines Vaters viele Menschen auf kriminelle Weise bereicherten. So zu lesen in der ersten Auflage des oben genannten Buches auf Seite 70. Bei seinen Recherchen nach der Wende, wollte er vom Finanzamt Erfurt Angaben haben, doch man winkte ab. Was hat man zu verbergen?

Zu dieser Geschichte wird es ein Buch geben, wenn wir, mein
Bruder und ich, die Stasi-Akte meines Stiefvaters geöffnet haben.
Die Liste und den Report vom Finanzamt, die Herr Blutke nicht
bekommen hat, liegen uns vor.
Selbst Menschen, die aus der eigenen Familie kommen und mit
meinem Stiefvater jahrelang in engster intimer Beziehung standen,
wie zum Beispiel meine Cousine Anneliese, haben hier ordentlich
zugelangt. Sie hatte ihm am meisten zu verdanken. In der Kunst und
anderen Bereichen hat er sie gefördert. Den Grundstein zu ihrer
heutigen Tätigkeit hatte er gelegt.

Das Wiedersehen mit meiner Mutter

Das Haus, das ich nun von dem Geld kaufte, war sehr
heruntergewirtschaftet. Ich habe aber gewusst, dass ich es schaffen
würde, ein Schmuckstück daraus zu machen.

Wir gaben die Arbeit in Magdeburg auf. Mein Mann fing wieder in
der LPG an, wo er schon Jahre vorher tätig gewesen war. Meine
Schwiegereltern waren irgendwann weggezogen, und wir konnten
uns unserem Häuschen widmen.

Baumaterial war ein Engpass und so hatte ich alle Hände voll zu tun,
das zu besorgen, was wir brauchten. Man glaubt nicht, wie voll die
Baulager gewesen sind. Sogar eine Heizanlage bekam ich ohne
Wartezeit. Es klappte alles wunderbar, es ging zügig voran. Was ich
wollte, wusste ich, nun lag es an mir, mich bei der Beschaffung der
Materialien ins Zeug zu legen. Man sagte immer, es habe keine
Fliesen in der DDR gegeben. Weitgefehlt. Die wären in den Lagern
bei der Baustoffversorgung fast vergammelt.

Für Westgeld bekam man alles.

Doch wie das immer im Leben ist. Wenn es dem Esel zu gut geht,
geht er aufs Eis. Mein Mann fing an zu trinken und ständig fremd zu
gehen. Mal war es eine Kollegin, mal eine Praktikantin. Frei nach
dem Motto „Wer nicht schnell genug auf den Bäumen ist, wird
vernascht."

Die Kinder haben von all dem nichts gemerkt, und ich wollte auch
nicht, dass sie mitbekommen, was ihr Vater so treibt. Meine
Überlegung war, dass sich das schon wieder geben würde. Michaela
schloss eine sehr gute Lehre ab, allerdings war es nicht das, was sie
wollte, sondern in einer LPG als Zootechniker. Ihr Ziel war es,
Tierärztin zu werden.

Bianca war auch sehr gut in der Schule.

Aus heutiger Sicht bin ich froh, dass meine Kinder in der DDR
aufgewachsen sind. Es gab keine Drogen, Respekt vor den Lehrern
war auch vorhanden, unbeschwert von allem Bösen haben sie sich

entwickeln können. Ich habe sie zu kritischen, selbstbewussten und
ehrlichen Menschen erzogen. Über die Ehrlichkeit des Staates haben
sie sich ihre eigene Meinung gebildet.
Heute kann ich sagen, es ist mir gelungen.
Nun kam doch aus dem Westen eine schlechte Nachricht von
meiner Mutter. Sie hatte Darmkrebs und musste ins Krankenhaus.
Ich war sehr überrascht und überlegte, was ich machen könnte, um
zu ihr zu kommen. Wir fanden keine Lösung. Mit dem ärztlichen
Attest bin ich zum Pass- und Meldewesen gegangen, fahren ließ man
mich nicht.
Das konnte doch nicht sein. Ich wollte sie doch noch einmal sehen.
Ich würde doch wieder kommen. Meine Kinder, meinen Mann,
meinen Hund, Haus und Hof – das gibt man doch nicht so einfach
auf. Ich fühlte mich doch wohl hier. Es half nichts. Es wurde
abgelehnt.
Meine Mutter wurde operiert und als geheilt entlassen.
Sie hatte aber Angst, dass der Krebs zurückkäme, so fasste sie den
Entschluss, endlich in die DDR zu fahren, um mich wenigstens
noch einmal zu sehen. Genau das wollte sie immer nicht. Sie hatte
sich geschworen diesen Staat nie wieder zu betreten.

Später erzählte sie mir, dass man sie 1952 auch unter Druck gesetzt
habe und von ihr verlangte für das Ministerium für Staatssicherheit
zu arbeiten. Geholfen hat ihr jener Polizist, der bei uns mit in der
Wohnung gewohnt hatte. Er machte ihr klar, dass sie das Recht
habe, das abzulehnen. Dies tat sie dann auch.
Und nun kam sie doch.
Sie kannte weder meine Kinder noch meinen Mann.
Am 24. März 1985 zu meinem 39.Geburtstag hat sie uns dann
besucht. Der Besuch war zunächst sehr schön.
Schön, wie man es so sagt, wenn der Onkel oder die Tante kommen.
Ich kann nicht sagen, was sich in meinem Inneren abgespielt hat.
Eines stand für mich jetzt fest: „ Nun war ich nicht mehr allein." Ich
hatte ein Familienmitglied, das zu mir gehörte. Meine Mutter.

Sie blieb zehn Tage. Ich lud jene Frau ein, die mir immer mit Rat und Tat zur Seite gestanden hatte. Ich wollte, dass sie meiner Mutter erzählt, was ich alles erlebt hatte. Frau Moewe holte Luft und wollte loslegen, doch meine Mutter fuhr ihr sehr barsch über den Mund schnitt ihr das Wort ab und wollte davon nichts wissen. Frau Moewe erschrak und wusste nicht so recht, was das sollte. Ich war selbst auch sehr erschrocken und schon merkte ich, dass sie sich nicht geändert hatte.

Ich interessierte sie nicht. Sie wollte mich nur mal sehen und vielleicht ihr Gewissen erleichtern. Es blieb nicht aus, dass sie mir ihre Erziehungsmethoden auferlegen wollte.

So hat sie eines Tages Ärger mit Bianca angefangen.

Sie hatte veranlasst, dass Bianca nicht nach Magdeburg fahren sollte, mit der Begründung, sie würde sich da mit einem Jungen treffen. Ich habe ihr zu verstehen gegeben, dass ich über meine Kinder allein bestimmen und mir da nicht dreinreden lassen würde. Das hatte ich bis dato getan und würde jetzt nicht davon abweichen.

Meine Teenagerzeit kam in mir wieder hoch. Mich holte meine eigene Jugendzeit ein. Sie hatte mir zu verstehen gegeben, dass das, was ich tat nicht richtig sei. Ich machte meiner Mutter jedoch klar, dass ich zu meinen Kindern großes Vertrauen hätte und meine Kinder allein entscheiden würden, was sie tun. Schön wäre es gewesen, wenn sie nur die Hälfte dieses Vertrauens zu mir gehabt hätte.

Sie fuhr nach zehn Tagen wieder nach Düsseldorf.

Ich dachte, wenn ich sie jetzt zum Bahnhof bringe, würde ich jämmerlich weinen. Nein, es war nicht so. Mir wurde das erste Mal klar, dass meine Entscheidung in die DDR zu gehen das Beste gewesen war, was ich je in meinem Leben entschieden hatte. Ich wäre in der Nähe meiner Mutter nicht glücklich geworden. Also, nun wusste ich, alles wird gut. In dem selben Jahr wurde meine Tante 70 Jahre.

Ich stellte einen Antrag und siehe da, er wurde genehmigt. Ich fuhr also nach Düsseldorf. Bei meiner Ankunft war ich eine Fremde.

Ich dachte, ich führe nach Hause, aber nein, hier war ich nicht zu Hause. Ich schaute mich um und erkannte so manches wieder. Ich durfte acht Tage in Düsseldorf bleiben. Meine Mutter hat mich in dieser Zeit wirklich wie ein Kind behandelt. Ich hatte den Eindruck, die Zeit sei stehen geblieben und ich sei noch 16 Jahre alt. Uns fehlten ja die ganzen Jahre zwischen 16 und 39 Jahren. Kann man eine solch lange Zeit in einer Mutter-Kind-Beziehung aufholen? Ich glaube nicht. Es waren ja nicht nur diese Jahre. In der Säuglings- und Kinderzeit war ich doch meistens nur mit einer Kinderfrau oder meiner Oma zusammen gewesen.

Es kam der Tag, an dem ich nun wieder in mein wirkliches Zuhause musste. Ich fuhr wieder in Richtung DDR. Jahrelang hatte ich das Gefühl die DDR ist nicht mein zu Hause. Ich gehörte nicht in diesen Staat. Nun hatte ich die Gelegenheit, ich hätte bleiben können. Der Zug ratterte und ratterte in Richtung Osten. Zuerst gab es Gespräche unter den Menschen in dem Abteil. Je näher wir zur Grenze kamen, um so ruhiger wurde es. Mir gegenüber saß eine Frau meines Alters. Sie war eine Bäckersfrau aus einem kleinen Ort bei Magdeburg.

Auf dem letzten Bahnhof im Westen schauten wir uns an. Unsere Blicke trafen sich. Beide schüttelten wir synchron den Kopf. Wir wussten, wo wir hingehörten.

In Marienborn fühlte ich mich wieder zu Hause.

Ich konnte es nicht abwarten, bis ich auf dem Bahnhof in Magdeburg ankam. Nun war ich wieder in meiner Heimat. Hier fühlte ich mich wohl und hier wollte ich bleiben. Dadurch, dass ich meistens alles aus dem Westen hatte und wir uns durch das Fernsehen immer am Westen orientierten, fiel es mir nicht so schwer wieder hier zu sein.

Keiner in dem kleinen Dorf hatte mit mir gerechnet. Ich war selbst auf mich stolz. Ich hatte allen gezeigt, dass hier meine Familie ist und ich hier leben will.

Ich suchte mir ebenfalls in der LPG, wo mein Mann schon arbeitete, eine Beschäftigung. Ich machte kleine Bürotätigkeiten.

Sechs Stunden täglich. Das Geld für unseren Umbau am Häuschen habe ich mir nun mit Handarbeiten verdient. Ich nähte und strickte, ich entwarf Gardinen und versuchte so mein Geld zu machen. Teppiche wurden die halbe Nacht geknüpft. Für viel Geld verkaufte ich das alles. So habe ich zum Beispiel einen Pullover für zwischen 400 und 500 Mark verkauft.

Ich bin meine Sachen reißend losgeworden.

Man bestellte, und ich lieferte binnen kürzester Zeit. Entworfen habe ich die Sachen selber. Jedes Stück wurde nur einmal gefertigt. Ich wollte nicht, dass sich zwei Leute trafen und beide das gleiche anhatten. Die Zeit war eine schöne Zeit bis dahin. Nun durfte ich jedes Jahr einmal in den Westen fahren. Was wollte ich mehr. Ich gehörte wieder zu meiner Familie. Doch immer, wenn ich bei meiner Mutter war, musste ich kuschen und das tun, was sie sagte. Ich merkte, wie ich mich unterordnete, mich total veränderte.

Zu Hause war ich für alles zuständig. Wenn ich bei meiner Mutter war, zählte das was ich sagte, nichts. Jeder erzählte mir, wie unsere Menschen lebten und wie wir doch eigentlich gar nicht arbeiten könnten.

Ich traute meinen Ohren kaum. Nee, verbiegen musst du dich nicht, hier ist Aufklärung angesagt. Ich stellte fest, dass man dort von nichts etwas wusste. Wir waren auch wer.

Ich möchte betonen, ich rede von den normalen Menschen, so wie ich einer bin.

Ich habe mein Leben lang gearbeitet. Ich habe mit meinem Mann unser Haus unter schwierigsten Bedingungen umgebaut. Wir haben unsere Kinder gut erzogen und letztendlich hatten wir uns auch was für unser Alter zurückgelegt.

Natürlich, was das Arbeiten angeht, war alles etwas einfacher, aber das heißt ja nicht, dass wir nichts taten.

Die Zeit der Wende

Dann kam das Jahr 1989. Es war ein ereignisreiches Jahr. Auch in meiner Familie. Mein Mann hat sich wieder einer anderen Frau zugewandt, meine älteste Tochter war schwanger und heiratete am 13. Oktober.

Mein Schwiegersohn war ein fleißiger und wunderbarer Mensch. Er hatte großes Vertrauen zu mir. Leider hatte er keine Mutter mehr. Sein Vater war ein streng katholischer Mann.

In der Politik war auch einiges los. Immer mehr Menschen verließen den Staat. Die einen über Ungarn, die andern über die CSSR. Von Erich Honecker war nichts mehr zu sehen, geschweige denn zu hören. Wo war er? Die Menschen gingen auf die Straße. In allen größeren Städten gab es die Montagsdemonstrationen. Mein Mann war weg. Er wohnte zwar noch bei uns, aber er war mit den Gedanken bei einer anderen.

Ich wollte nicht mehr. Wieder ein Problem. Wo also hin. Ich ging wieder zum Pfarrer. Mit meiner jüngsten Tochter war abgesprochen, dass wir in den Westen gehen würden. Allerdings wollte die Älteste nicht mit. Wie sollte ich es richtig machen?

Es können doch nicht alle in den Westen gehen. Ungarn machte die Grenztore nach Österreich auf. Es wollte sich keiner mehr länger gängeln lassen. Diesmal hat sich der Russe überall raus gehalten. Im gesamten Ostblock herrschten nach meinem Gefühl das reinste Chaos und totale politische Lähmung. Ich weiß nicht, wo die Herren der Regierungen waren. Man sah und hörte nichts. Jedoch merkte man die Anspannung bei einigen Leuten auch bei uns im Ort. Es wurden sehr schnell Häuser und Grundbesitz hin- und hergeschoben.

So schnell konnte man nicht schauen, wie nun einstige Direktoren schnell noch ihre Häuser umbauten und sich den Grund und Boden im Grundbuch eintragen ließen. Bis dahin gab es ja kein eigenen

Grund und Boden, der gehörte bis dahin dem Staat. Das hat sich dann von heute auf morgen geändert.

Heute möchte ich behaupten, dass diese ganze Revolution von der SED und treuen Staatsdienern ausging. Diese Herrschaften standen ja in den ersten Reihen bei den Demonstrationen.

Dann habe ich mich doch entschieden, hier zu bleiben. Was sollte ich dort. Wir müssen doch bleiben. Was soll werden, wenn alle gen Westen ziehen? Nein, man kann sich nicht so einfach aus dem Staub machen. Wenn ich was ändern will, muss ich hier bleiben und vor Ort versuchen mich nützlich zumachen.

Eines Tages, ich wollte mich gerade hinsetzen und meinen Kaffee trinken, um einen Brief an meine Mutter zu schreiben, da kamen die Nachrichten. Eine Nachricht nach der anderen überschlug sich. Es war der 9. November 1989. Es war der zweite der drei Sitzungstage des SED- Zentralkomitees. Man wollte um 18 Uhr eigentlich die Sitzung beenden. Das Bedürfnis, doch zu reden war so groß, dass man beschloss, nach einer Pause mit der Sitzung fortzufahren. Man stellte fest, dass man schon seit 1973 über seine Verhältnisse gelebt hatte und verwies darauf, dass man sich und der Bevölkerung etwas vorgemacht habe. Herr Schabowski gab eine Pressekonferenz und verlas eine Mitteilung des Zentralkomitees der SED hinsichtlich der Änderung des Reisegesetzes.

Es war 18.53 Uhr.

In dieser Zeit hatten wir nur noch das Fernsehen der DDR an. Ich hörte zu und dachte, mich treffe der Schlag. Die Grenzen wurden geöffnet.

Auf Nachfrage der italienischen Nachrichtenagentur in Vertretung des Herrn Ricardo Ehrmaßn und der BBC, wiederholte Herr Schabowski das angeblich Beschlossene und gab noch einen drauf: „Ab sofort!" Die ganze Nacht wurde ferngesehen. Wir tranken nur noch Kaffee, um ja nichts zu verpassen. Einschlafen wollten wir nicht.

Es könnte was passieren, was wir nicht mitbekämen. Immer noch hatten wir Angst, es könnten Soldaten aufmarschieren, oder der Russe überlege es sich anders.

In der Sowjetunion war es ja seit der Regierungszeit von Gorbatschow für die Kommunisten auch nicht mehr so rosig.

Nun wurde hin- und herüberlegt. Wer fährt wohin?

Bianca fuhr als Erste mit ihrem Freund nach Bayern. Später sagte sie mir mal, dass sie eigentlich nicht mehr zurückkommen wollten. Aber ihr ging es so wie mir.

Wir gehörten alle zusammen dahin, wo unsere Wurzeln sind. Die sind im Osten. Ich stand am 10. November morgens um acht Uhr beim Pass- und Meldewesen, habe mir ein Visum geholt und bin noch am selben Tag nach Düsseldorf gefahren. Abgesprochen waren 14 Tage.

In diesen 14 Tagen merkte ich, dass sich alles normalisierte in der DDR und so beschloss ich wieder zurückzufahren.

Es zeichnete sich ab, dass es mit unserem Staat nicht mehr lange gut gehen würde. Ich war hin- und hergerissen. Auf der einen Seite froh, meine Mutter endlich besuchen zu können, aber auch ängstlich.

Meine ersten Gedanken waren, oh Gott, nun wird mein erster Ehemann doch wohl nicht herkommen und mir die seinerzeit angedrohten Schläge verpassen. Angst war immer noch vorhanden.

So lange wie die Grenze dicht war, brauchte ich keine Angst haben. Aber nun?

Wird er sich her trauen? Ich war mittlerweile sehr selbstbewusst und hätte mich schon zu wehren gewusst.

Als die ersten Flammen erloschen waren, schrien die DDR-Bürger nach freien Wahlen. Alsbald gab es die auch. Der Kanzler reiste durch deutsche Lande, und alle wollten nun ein Deutschland.

Manchmal möchte ich wissen, was aus diesen Menschen geworden ist, die damals ein Vaterland wollten. Haben die nicht überlegt, was das heißt: arbeitslos zu sein, Drogen für unsere Kinder, keine Lehrstellen u. s. w. Ich sprach in dieser Zeit mit vielen Menschen. Die einen wollten nur ein bisschen Westen und ein bisschen Osten.

Also, von allem nur das Beste. Ein bisschen schwanger geht aber nicht.

Natürlich habe ich versucht, die Menschen aufzuklären.

Ich bin damals mit Dr. K.- Heinz D. für die CDU in einigen Orten mit in den Wahlkampf gezogen. In manchen Orten konnte man nur staunen. Es gab mit einem Mal keine Kommunisten mehr. Es hatte nie welche gegeben. So viele Wendehälse hatte ich noch nie gesehen. Mich erinnerte dies alles an die Zeit nach dem Zweiten Weltkrieg. Da gab es auch keine Anhänger des Herrn Hitler mehr. Damals hat auch keiner geschossen. Dies weiß ich allerdings nur aus den Erzählungen derer, die diese schlimme Zeit bewusst erlebt haben.

Menschen, denen früher die Häuser weggenommen wurden, die nach der Enteignung in den Westen gegangen waren, kamen zurück und wollten ihre Immobilie wieder. Nun wohnten, da aber seit Jahren schon andere darin, die sich das Häuschen hergerichtet hatten. Keiner hat über dieses Ausmaß nachgedacht. Jeder sah Bananen und Reisen, Waren die man sofort kaufen konnte.

Ich habe mich natürlich gefreut, niemand mehr fragen zu müssen, wenn ich meine Mutter sehen möchte, fahren zu können, wann man will.

Es gab am 18. März 1990 die ersten freien Wahlen. Ich wollte auch sicher gehen, dass nun bei dieser Wahl endlich mit rechten Dingen zuging, so meldete ich mich als Wahlhelfer.

Ich staunte, was es für manche hieß, mit einem Mal doch schon immer für den Westen gewesen zu sein.

Es meldeten sich Leute bei mir, die mir ins Gesicht sagten, wie ich doch all die Jahre Recht gehabt hätte. Sie hätten schon immer gewusst, dass alles so war, wie ich es früher meinte. Ich merkte nun aber auch, dass viele Profit aus der Wende schlagen wollten. Ich konnte nicht mehr mit ansehen, wie sich viele die Taschen voll stopften und andere dabei auf der Strecke blieben. Es war schon eklig. In den ehemals staatlichen Betrieben wurde alles unter den Oberen aufgeteilt. Jeder nahm sich, was er brauchen konnte.

Alle, die in Amt und Würden waren, haben versucht ihr letztes Hemd zu retten.

Es kam der Tag des Geldumtausches. Vor den Sparkassen waren Schlangen, wie ich sie selbst nach dem Krieg nicht gesehen hatte. Manche hatten sich kleine Angelhocker mitgebracht. Der eine war froh, sein Bisschen nun umtauschen zu können, die anderen schimpften wie die Rohrspatzen, dass man nur eins zu zwei umtauschen konnte. Ich erinnerte mich, dass viele aus meinem Ort noch ein Jahr zuvor bei mir eins zu sieben und mehr tauschen wollten.

Nun kam die Zeit, wo sich mein Sohn gar nicht mehr bei uns gemeldet hatte. Ich wusste nicht warum. Gehört hatte ich, dass er in eine andere Stadt gezogen ist.

Eines Tages, es war im Januar 1991, stand mein Sohn vor mir. Er wollte sich mit mir unterhalten. Das haben wir dann auch getan. Sein Gewissen wollte er erleichtern.

Er berichtete mir von dem Überfahren mit dem Auto, die häufigen Hausdurchsuchungen und vieles andere mehr. Er war es gewesen, der uns immer angeschwärzt hat. Man wollte von ihm immer Berichte über unsere Familie haben. Über seine Geschwister, Eltern und Verwandte im Westen. Michaela, seine Schwester, hatte einen Sticker am Ärmel: Schwerter zu Pflugscharen. Er sollte heraus finden, wo sie derartige Sachen her hatte. Ja, was sollte ich nun machen?

Ich heulte. Für was man doch die Menschen in der eigenen Familie missbrauchte. Er ging. Ich habe ihm nicht mal mehr sagen können, dass es doch nicht so schlimm war, und dass ich ihm verziehen hätte. Er ist 1995 gestorben. Ich weiß bis heute nicht wie, wo und warum.

Ich habe mal gesagt, dass jeder der mich zu DDR-Zeiten bespitzelt hat, vom lieben Gott seine gerechte Strafe bekommen sollte. Als ich diesen Satz sagte, habe ich nicht gewusst, dass mein Sohn auf mich angesetzt war. Am Grab meines Sohnes fielen mir diese Worte wieder ein.

Das wollte ich nicht. Es war doch mein Kind, für das ich immer gekämpft hatte. Die ganze Lebensgeschichte, die er und ich in den ersten Jahren mit seinem Vater erlebt hatten, kam mir wieder in den Kopf. Er war noch so jung gewesen, gerade Vater eines Sohnes geworden. Das mit dem Überfahren war nicht seine Idee gewesen. Ich weiß, dass man ihn dazu gezwungen hatte. Ich möchte behaupten, er hat sich geschämt, auch seinen Schwestern gegenüber. Ihnen hätte er die Mutter genommen.

Mit meinem Mann hatte ich mich ausgesöhnt. Nach der Wende suchte er sich ein anderes Betätigungsfeld. Es klingt kurios. Er machte sich selbstständig im Gaststättengewerbe. Ich habe ihm dabei auch noch geholfen. Es lief alles sehr gut. Unsere Tochter Bianca arbeitete mit im Geschäft. Ab und zu haben wir uns Pauschalkräfte nehmen müssen, weil wir drei es nicht schafften. Unter diesen Pauschalkräften waren meistens junge Mädchen. Auch hier hatte sich dann mein lieber Gatte wieder seine Opfer raus gepickt. Bianca lernte einen jungen Mann kennen, der aus dem Ort war, in dem wir unser Geschäft hatten. Sie verliebte sich über beide Ohren in Oliver. Am 8. Februar 1992 haben mein Mann und ich unsere Silberhochzeit gefeiert. Bianca packte die Gelegenheit beim Schopfe und heiratete ebenfalls. An dem Tag der Silberhochzeit stand für mich fest, dass ich mich scheiden lassen würde. Für mich brach eine Welt zusammen, als ich an diesem Tag abends nach Hause kam und Bianca nicht mehr dabei war. In unserem großen Haus waren wir nun allein. Mein Mann trank immer mehr.

Die Gaststätte lief auch nicht mehr so. Also, was ist zu tun? Ich habe, um endlich aus der Ehe raus zu kommen, einen jungen Mann als Sprungbrett benutzt. Mein Ehemann ging wieder mit einer Kellnerin fremd, und nun setzte ich meinen Entschluss, mich scheiden zu lassen, in die Tat um. Die Beziehung mit diesem jungen Mann sollte allerdings nicht lange halten. Er war noch sehr kindlich und hatte keine Reife für sein Alter. Es dauerte nicht lange und mein Mann erfuhr von dieser Beziehung.

Dieser junge Mann und ich trafen uns samstags immer in einem kleinen Hotel bei Magdeburg. Es ging geschäftlich alles den Bach runter. Ich führte die Gaststätte meines Ehemannes so kläglich weiter, wohlwissend, dass das nicht mein Metier war und ich das nicht mehr lange machen würde. Es war bald so, dass nur noch wenig Gäste in der Gaststätte waren. Unter diesen wenigen war auch Frank. Frank hatte eine Freundin, die es wiederum nicht gut fand, dass er täglich in unserer Gaststätte war. Wir waren gute Freunde geworden.

Ich musste immer, wenn es Probleme zwischen Frank und S. gab, mit ihr sprechen, um alles wieder ins rechte Lot zu bringen. Eines Tages war wieder Krieg zwischen den beiden. Ich sollte mal wieder mit S. reden. Doch alles Reden half nichts, S. wollte mit Frank nichts mehr zu tun haben. Aus Angst ihm dies beizubringen, und er sich etwas antun könnte, wollte ich mit ihm reden und ihm beistehen. Doch meine Angst war unbegründet. Er lud mich zum Essen ein. Ich freute mich und hoffte auf ein gutes Restaurant.

McDonalds war es. Auch schön, dachte ich. Wir redeten die ganze Nacht. Dies war am 16. Mai 1994 und damit fing unsere Liebe an. Ich gab alles auf und verließ mein Haus, in dem mein Ehemann noch wohnte. Ich suchte mir eine Wohnung in Magdeburg. Erst war es eine Einraumwohnung. Diese gehörte einer Bekannten. Sie überließ mir ihre Möbel, bis ich alles mit meinem Ehemann geklärt hatte.

Durch die vielen Schulden sind wir später unser Haus losgeworden. Frank und ich zogen in diese kleine Einraumwohnung. Frank hatte einen Job, doch ich war arbeitslos.

1995 bekam ich wie durch ein Wunder einen Job in Magdeburg. Es war in einer Fenster- und Türenfirma. Durch Beziehungen wurde ich für ein gutes Gehalt eingestellt.

Nun waren da diese Schulden. Ich schämte mich bei den Leuten, die mich kannten. Bestimmt waren auch Menschen darunter, die mir das gewünscht hatten. Immer fuhr ich mit einem Blick in den Rückspiegel Auto. Die Gläubiger waren immer nur mir auf den

Fersen. Doch es waren die Schulden von uns beiden. Man hat immer versucht mich aufzustöbern. Ich wollte arbeiten und gutes Geld machen, aber es blieb nie etwas übrig, da ich einen Teil abgeben musste, um einen Teil der Schulden zu begleichen.

Wenn ich heute mit 58 Jahren darüber nach denke, bin ich froh, dass ich kein Haus mehr habe.

Ich habe drei Erbschaften in meiner Familie miterlebt. Bei jeder gab es Streit, der soweit ging, dass meine Mutter meinem Bruder, der damals 43 Jahre war, noch eine Ohrfeige versetzte, bei der seine Brille entzweiging. Dies habe ich mit dem Verlust meines Hauses, meinen Kindern erspart.

Wiedersehen mit dem Vater meines Sohnes

Eines Tages bekam ich von meinem Vorgesetzten eine Adresse aus Wolmirstedt. Ich möchte bitte mal einen Kunden besuchen, um ein Aufmaß zu nehmen für zwei Fenster in seinem Haus. Ich fuhr hin und stellte fest, dass diese Leute Verwandte meines ersten Ehemanns waren.

Ich erzählte, dass ich hier in diesem Haus mal gewohnt hätte und mit einem gewissen sowieso verheiratet gewesen war.

Sie wussten gleich, wer ich war. Im Gespräch erfuhr ich, dass mein geschiedener erster Mann in einer Woche wieder nach Wolmirstedt kommen würde. Neugierig war ich schon.

Mal schauen wie er aussieht. Angst war aber auch noch vorhanden. Wie der Mensch so ist, die Neugier siegte.

Ich machte mit diesen Leuten einen neuen Termin und nahm ihnen das Versprechen ab, ihm nicht zu sagen, dass ich käme.

An besagten Tag fuhr ich nun wieder nach Wolmirstedt und stand da vor diesem Haus, in dem mein Leben so furchtbar gewesen war, und drinnen saß jener Mensch, der mich darin so furchtbar behandelt hatte. Wie würde das werden, wenn ich jetzt da reinging? Ich bekam wahnsinnige Angst und wollte gerade wieder gehen, da kam die Tochter des Hauses und öffnete das Fenster. Nun gab es kein Zurück mehr.

Ich wurde eingelassen und so nahm alles seinen Lauf. Am Tisch saß ein Mann mit einer Kette um den Hals an der sich eine Brille befand. Ich schaute ihn an und dachte:

„Um Gottes Willen!" Ich sagte: „Guten Tag!" und er schaute mich wiederum an, senkte seinen Kopf und sagte: „Was machst du denn hier?" Ich tat so, als wenn ich das Aufmaß für die Fenster nehmen würde.

Dabei erzählten wir und ich stellte fest, ich brauchte keine Angst mehr zu haben.

Dieser Mensch sah krank aus und war froh, dass er noch sein Leben hatte. Er hatte noch zweimal geheiratet und zwei Töchter. Die Ehen sind daran gescheitert, dass die beiden Frauen während er arbeitete, der Prostitution nachgingen. Ich dachte, ich hörte nicht richtig. Zu mir hatte er früher immer Hure und Nutte gesagt und nun war er mit solchen Frauen verheiratet. Dies sagte ich ihm auch. Er merkte, dass ich nicht mehr so war wie früher. Meine Angst war weg.

Ich wollte mich verabschieden, da fragte er mich, ob wir nicht mal essen gehen und reden könnten. Einfach nur über alles Vergangene mal reden. Ich war so selbstbewusst und erklärte ihm, dass ich in einer festen Beziehung lebte und ich kein Interesse mehr an ihm hätte.

Er merkte, dass ich, die einst so Schüchterne und Schwache, mich zu einer starken Persönlichkeit entwickelt hatte. Hier saß ein gebrochener Mensch, und ich, die immer schwächer als er gewesen war, stand nun wie ein Fels vor ihm.

Ich wünschte ihm noch alles Gute und verabschiedete mich. Beim Hinausgehen fragte er mich nach meiner Telefonnummer und ob ich seine haben wollte.

„Lass mal gut sein, so wie es bisher war, ist es gut." Ich ging zu meinem Auto und fuhr frei von Angst und mit einem guten Gefühl zu meinem Frank nach Hause. Er wartete schon auf mich, denn er wusste, dass ich meinen geschiedenen Ehemann treffen wollte. Ich erzählte von dieser Begegnung und war froh, dass ich das so toll hinbekommen hatte. Wieder mal hat sich für mich gezeigt, dass richtig war, wie es seiner Zeit ausgegangen war.

Ich hatte nun meine neue Beziehung und konnte alles ruhig angehen. Ich brauchte keine Angst mehr vor diesem Mann zu haben, denn er war es gewesen, der mir geschrieben hatte, dass er, wenn er in die DDR komme, mich verprügeln werde. Endlich war auch dieses Kapitel für mich abgeschlossen.

Frank und ich und zwei Katzen leben glücklich und sehr zufrieden. Heute habe ich Zeit, Sachen zu tun, die mir aus Zeitmangel nie vergönnt gewesen waren. Mein Frank und ich verstehen uns, nach all den Jahren immer noch sehr gut.

Ich hatte erst ein bisschen Angst wegen des hohen Altersunterschiedes. Aber was ein Mann kann, können wir Frauen auch. Ich bin mal wieder das Beste Beispiel dafür, dass es auch anders geht.

Ich hoffe noch recht lange mit Frank zusammenzubleiben, gesund zu bleiben und meine Arbeit zu haben.

Das Geschriebene habe ich so erlebt, wie es geschrieben steht, und ich möchte es auch so weitergeben. Es war, oder besser noch, ist mein Leben. Ich werde kein Wort zurücknehmen, auch wenn es manchen nicht angenehm erscheint. Ich habe zu Zeiten der DDR meine Meinung gesagt und war deshalb unbeliebt. Nun werde ich mich auch in dem neuen Staat nicht verbiegen. Ich habe meine Gefühle, mein erlebtes und gelebtes Leben aufgeschrieben, so wie es sich zugetragen hat. Mein Wille, alles aufzuschreiben, was mir widerfahren ist, hat auch einen Grund. Ich möchte, dass wenn die DDR schon lange in Vergessenheit geraten ist, unsere Enkel und Urenkel wissen, oder nachlesen können, wie es manchen Menschen in der DDR ergangen ist. Es kann nicht sein, dass die Menschen das alles nicht mitbekommen haben.

Beim Schreiben sagte mir eine ehemalige DDR-Bürgerin; ich wusste nicht, dass man mit Menschen so umgesprungen ist.

Mein Gott, waren die Menschen wirklich so blind, oder wollten sie nicht sehen?

Was das Verhältnis zu meiner Mutter betrifft, möchte ich auf keinem Fall, dass man denkt, ich möchte mich an ihr rächen, sie herabsetzen, meine Wut auf ihr abladen oder sie bestrafen.

Ich möchte vielmehr meine Mutter mit meinen Gefühlen konfrontieren und von ihr erbitten, unsere Beziehung neu zu definieren. Dies werde ich in Form einer Konfrontation per Brief tun. Ich hoffe, sie versteht mich dann etwas besser.

Der Brief an meine Mutter

Liebe Mami,

ich werde dir etwas sagen, was ich dir schon mehrmals versucht habe, von Angesicht zu Angesicht zu sagen.

Zunächst möchte ich dir verraten, warum ich in der nächsten Zeit den direkten Kontakt nur noch sporadisch haben möchte. Es überrascht und wundert dich vielleicht. Jedes Mal, wenn ich versuche mit dir über meine Kindheit zu sprechen, fällst du mir ins Wort und tust alles so ab, als sei ich eine Lügnerin. Ich werde von dir immer, sei es telefonisch oder im direkten Kontakt, verbal angegriffen. Ich habe Angst irgendwann einmal mit dir nicht mehr reden zu können, weil es dich nicht mehr gibt.

Als ich klein war, warst du nicht da. Du warst anwesend, so möchte ich es nennen. Für mich gab es meine Oma.

Die wenigen schönen Stunden die ich mit dir hatte, hast du damit verbracht, mir immer irgendwelche Vorhaltungen zu machen. Du hast mir für alles, was schief ging, die Schuld gegeben. Ich hörte nur Vorwürfe von dir. Eine emotionale Bindung haben wir nie aufbauen können.

Ich kann mir heute nicht vorstellen, dass dir das noch nie aufgefallen ist. Wenn ich dich anrufe, heißt es: „Ja bitte", wenn du mit Heinz telefonierst heißt es: „Ja Hase".

Als ich dann älter wurde, hast du es auf Grund deines eigenen Lebens nicht verstanden, mich zu behüten. Wieder kommen nur Vorwürfe, die ich mir leider heute noch anhören muss, von dir. Du stecktest mich in ein Durchgangsheim für aufgegriffene Prostituierte. Hier wurde ich mit dem wahren Leben konfrontiert. Da habe ich das gelernt, was ich in dem Alter eigentlich noch nicht hätte wissen sollen. Dieses Gefühl, nie richtig eine Mutter gehabt zu haben, hat sich darin gezeigt, dass du mich in Garmisch zu fremden Leuten gegeben hast.

Ich weiß nicht, ob du dich in meine damalige Lage versetzen und dir meine Gefühle vorstellen kannst.

Du wirst jetzt sagen, du bist doch in den Osten gegangen. Ja, das stimmt allerdings. Jedoch in Düsseldorf haben Heinz und ich ein eigenes Leben geführt. Ich durfte von der Arbeit nicht fern bleiben, doch wenn Pflaumenmus gerührt werden musste, dann hatte ich zu Hause zu bleiben. Da wurde meine liebe Frau Dr. Selbach von dir belogen, dass sich die Balken bogen. Diese Widersprüche deinerseits haben mich geprägt. Du bist mit Herrn König durch die Lande gefahren und es hat dich verdammt noch mal nicht interessiert, wenn es zu Hause mit den Kindern Schwierigkeiten gab. Dann wurde eben geprügelt. Sage jetzt bitte nicht, dass du nicht geschlagen hast. Ich bin mit 14 Jahren in Erfurt verprügelt worden, dass ich mich nicht getraut habe, mein Frottierhandtuch im Freibad vom Rücken zu nehmen. Grün und blau war mein Rücken.

Dies sind einige Sachen, die du mir angetan hast. Ich habe mich seinerzeit schlecht gefühlt. Mein Leben hat das sehr beeinflusst. Jetzt wünsche ich mir von dir, dass auch du zu diesen ganzen Fehlern stehst. Dass du endlich aufhörst, mich immer verbal fertig zu machen und mich, wenn ich etwas zu sagen habe, auch einmal aussprechen lässt. Ich bin traurig, dass wir beide bisher nicht die Beziehung gehabt haben, die wir hätten haben können.

Du hast mir mal erzählt, dass du bei Opa nachts im Leichenhaus einen Brief in seinen Sarg gelegt hast.

Ich stecke keinen Brief in deinen Sarg. Ich möchte noch ein paar ungetrübte, schöne Jahre mit dir verbringen und deswegen schreibe ich dir diesen Brief.

Wir können die Vergangenheit nicht ändern, doch wir können einen Neuanfang starten.

Deine Tochter Helen

Ergänzung

Bei meinem letzten Besuch, im November 2003 bei meiner Mutter traf ich mich mit meinem Bruder. Nun saßen wir uns gegenüber und merkten, dass wir doch älter geworden sind und das es nur uns zwei gab. „Wir" es gab nur noch uns beide. Wo ist sie, die ach so gute Familie? Da saß sie, unsere Mutter, mit krummem Rücken, grauen Haaren – ein kleines Häufchen Unglück.

Ich beobachtete sie und stellte fest, dass kein glückliches Lächeln auf ihrem Gesicht war, so wie bei mir, wenn meine beiden Mädchen in meinem Zuhause sitzen, sich halb tot lachen, wie zwei kleine Mädchen. Wie sie über ihre Kinderstreiche lachen und glücklich sind, sich wieder in den Armen halten zu können.

Bei genau diesem Besuch wurde uns beiden klar, dass wir jetzt die Fäden in die Hände nehmen müssen und unsere beiden Familien zusammenführen.

Auch unseren Vater wollten wir mit einbeziehen und überlegten uns, etwas zu unternehmen, um ihn nun endlich rehabilitieren zu lassen. Dieses DDR-Unrecht, das ihm widerfuhr, konnten wir nicht so hinnehmen. Ich nahm mir mit meinem Bruder vor, jetzt alles in die Wege zu leiten.

Es war nur ein kurzes Wiedersehen mit Heinz, doch ich glaube heute sagen zu können, wir waren uns bewusst, was zu tun war. Jeder fuhr in seine Heimat zurück.

Es dauerte nicht lange und wir telefonierten, überlegten uns die Vorgehensweise und sofort fing ich an.

Anträge wurden gestellt und Vollmachten wurden von ihm geschickt. Mails gingen hin und her. Immer, wenn er sich meldete, mussten wir lachen. „Stasi hier".

Wir merkten, wie lieb wir uns hatten. Er überließ alles Amtliche und Geschäftliche mir. Ich machte Termine in Dresden, Erfurt und Berlin. Wir trafen uns mit kompetenten Menschen. Zum Glück waren es Menschen, die aus dem Westen kamen und sich trotzdem bewusst waren, was in der DDR mit Sammlern und Händlern von Kunst und Antiquitäten geschehen war.

Ich forschte und recherchierte. Am 25. Februar 2004 trafen mein Bruder und ich uns in Erfurt. Endlich ging es los. Bei dieser Gelegenheit lernte ich seine neue Lebensgefährtin kennen. Unser erster Termin war mit dem neuen Museumsdirektor Dr. M.-V., ein sehr sympathischer und kompetenter Mensch.

Am 26. Februar 2004 hatte ich die Idee beim Finanzamt in Erfurt anzurufen und zu fragen, wo man die Akte einsehen konnte. Die Akte die beschrieb, welches Leid unserem Vater zu Teil geworden ist und ihn aller Wahrscheinlichkeit in den Tod trieb. Zum Stadtarchiv müsse ich, wurde mir vom Finanzamt gesagt. Sofort gingen wir dorthin. Hier sagte man uns, dass die Akte bei der Oberfinanzdirektion in Brühl bei Bonn liege. Ich dachte, ich hörte nicht richtig. Wollte man uns schon wieder etwas vor machen? Frau Dr. B. wurde sofort zu diesem recht erregten Gespräch dazu geholt. Es stellte sich heraus, dass das mit der Oberfinanzdirektion stimmte. Man war dabei, Akten, die Unrecht der DDR enthielten, in einer Art Museum zu deponieren. Uns wurde zugesichert, dass, wenn die Akte da sei, ich sofort wieder nach Erfurt kommen könnte, um sie einzusehen und auch gänzlich zu kopieren.

Heinz und ich hatten nun, nach dem wir uns zwei Tage in Erfurt gesehen hatten, ständig telefonischen Kontakt. Alles musste bis ins Kleinste besprochen werden. Ich tat nur das, was in seinem Interesse war. Trotzdem war er immer ein bisschen misstrauisch. Doch bald merkte er, dass er mir Vertrauen konnte.

Es vergingen vier Wochen, und wir fuhren beide wieder nach Erfurt. Hier versuchten wir nun mit jenen Menschen in Kontakt zu treten, die sich im unmittelbaren Umfeld meines Vaters befanden hatten. Ich bin genau auf dieselben Menschen getroffen, die ich bei der Beerdigung gesehen hatte. Menschen, die nichts anderes zu tun hatten, als nach der Beerdigung ein Vermächtnis zu suchen, ein Vermächtnis über 50.000 Ostmark. Ich möchte heute noch behaupten, dass mein Vater dies nicht geschrieben hat.

Peter E., er, der private Fahrer meines Vaters. Er, der uns heute noch anhand von damaligen Aufzeichnungen sagen konnte, wann er, wo mit meinem Vater Antiquitäten gekauft hat. Wir luden ihn und seine Frau in die „Hohe Lilie" in Erfurt zum Essen ein. Nachdem wir gegessen hatten, wurde uns dann erzählt, dass er zu seiner Tochter keinen Kontakt mehr habe.

Der Grund sei, dass seine Tochter ihre Stasi-Akte eingesehen hatte und feststellen musste, dass ihr Vater ein Inoffizieller Mitarbeiter der Staatssicherheit der DDR mit 1.000 DDR-Mark Gehalt gewesen war. Da wusste ich, dieser Mensch war kein „guter" Freund unseres Vaters gewesen.

Nun haben wir den Antrag gestellt, Einsicht in die Stasi-Akte meines Vaters nehmen zu können. Wir haben es als eilbedürftig beantragt. Am 11. März 2004 war es dann soweit. Ich hielt die Akte vom ehemaligen Rat der Stadt Erfurt , Abteilung Steuerfahndung in der Hand.

Um diese Akte zu verstehen, muss man sie mehr als nur einmal lesen. Nächtelang habe ich diese Akte gelesen.

Immer wieder stellte ich fest, was für ein hirnloses Zeug da geschrieben steht. So steht zum Beispiel in der Akte, ich hätte den Pkw meines Vaters gestohlen. Selbst so viele Jahre danach möchte ich diesen Menschen, die dieses hirnlose Geschriebene verfasst haben, an die Gurgel gehen. Holzschnitte hätte ich gestohlen. Das stimmt natürlich. Allerdings haben mein Bruder und ich das in Gemeinschaftsarbeit getan. Diese Holzschnitte habe ich dann von Altvenedig aus nach Düsseldorf zu meiner Mutter geschickt. Heute, beim Studieren der Akte, wissen wir natürlich, dass man uns abgehört und beobachtet hat. Allerdings könnte ich mir auch vorstellen, dass meine liebe Cousine uns verpfiffen hat. Sie war die Einzige, die davon wusste. Sie war es, die das Fachwissen hatte und uns zeigte welche Holzschnitte wertvoll waren und welche weniger. Nun haben wir uns überlegt, bei dem Amt in Gera persönlich vorzusprechen. Auch hier trafen wir auf offene Ohren und bekamen gute Ratschläge.

Eins wissen wir heute, viele Menschen haben sich in dieser Sache selbst in der DDR um Kopf und Kragen gebracht. Die Zeit verging, wieder waren wir drei Tage in Erfurt. Trotz vieler Arbeit, waren es schöne Tage.

Wir haben viel gelacht. Gelacht, über die Menschen, mit denen wir uns getroffen haben. Ihnen schlug das Gewissen. Nicht umsonst heißt es: „Man trifft sich immer zweimal im Leben."

Auch stellten wir fest, dass Menschen wegen dieser Sache gestorben sind. Bei einem dieser Menschen tut uns das natürlich sehr leid, zu mal wir wissen, dass dieser Mensch meinem Bruder seinerzeit sehr geholfen hat. In handschriftlichen Aufzeichnungen von diesem Mann konnten wir lesen, dass mein Bruder in dieser Erbsache von Gott und der Welt betrogen wurde. Ich hoffe, darüber schreibt mein Bruder ebenfalls ein Buch.

Das Schlimme an der Sache ist, dass zum Teil die gleichen Menschen von damals heute wieder in den oberen Rängen sitzen, wenn sie nicht aus Altersgründen schon im Ruhestand sind, und über Gut oder Böse bestimmen. Ich hoffe nur, sie haben aus der Geschichte gelernt.

Auszug aus der Steuerfahndungsakte meines Stiefvaters

Abt. Finanzen-Steuern   Erfurt, den 19. 02. 1970

V e r m e r k

████████████████ wurden im Büro des Rechtsanwaltes ████████
Erfurt, ████████ 28/31 der ▪Angestellten ████ folgende
Schreiben übergeben:

██
██
██
██
██
██
██
██
██

Außerdem wurde darauf hingewiesen, daß die ████ ▪chwester des
Verstorbenen, Frau ██████████████████████, Friedens-
str. 4, mich folgende Gegenstände die zum Nachlaß ████████
gehören unberechtigt angeeignet hat:

a) einen Pkw,
b) einen Holzschnitt Albrecht Dürer

Außerdem besteht der Verdacht, daß sich noch mehrere Gegenstände in ihrem Besitz befinden.

Herr ████████ hat in seiner Eigenschaft als Vertreter des Erben
unter Hinweis auf die Bestimmungen des Devisengesetzes Frau
████ aufzufordern, diese unrechtmäßig aus dem Nachlaß ████████
████ angeeigneten Gegenstände umgehend zurückzugeben. Außerdem ist von ihr die sofortige Rückgabe der in ihrem Besitz befindlichen Wohnungsschlüssel zu den Räumen Erfurt, ████████
zu fordern.

Im Auftrag

Sachgebietsleiter

110

Inhaltsverzeichnis:

Lebensweg der Autorin

K. - Helen K. wurde 1946 als erstes, uneheliches Kind von
K. K. in Erfurt geboren.
Den ständigen Fluchten der Mutter von Osten nach
Westen und zurück ausgesetzt, war keine rechte
Entwicklung möglich. Es konnte nicht gut sein, weder für
die geistige noch seelische Entwicklung eines Menschen.
Doch irgendwie hat K. - Helen K. es geschafft, später, als
sie auf eigenen Füßen stand, ihrem Leben einen Sinn zu
geben. Einen Sinn, der von ganz unten bis hin zur
„Normalität" geht.
Die Beziehung zur Mutter hat ihr gesamtes Leben
bestimmt.
Mit zunehmendem Alter stellte sie fest, dass man
vergessen hatte, sie zu fördern. Doch eines Tages merkten
fremde Menschen, dass sie viele Interessen hatte. Die
Menschen, die das erkannten, wollten ihr die Möglichkeit
geben, sich weiterzubilden. Doch denen gab man zu
verstehen, dass es auf Grund ihrer politischen Einstellung
zum Staat DDR, ihrer Herkunft, nicht möglich sei, ihr
geistiges Wissen durch ein etwaiges Studium zu festigen
und zu erweitern. Man lehnte das Studium ab.
So widmete sie sich in einem kleinen Ort bei Magdeburg
Beruf und Familie.
1995 fasste sie den Entschluss, ihr Leben in Form eines
Buches aufzuarbeiten.